KB042722

LINE 2

초판 1쇄 인쇄일 2014년 2월 24일 | **초판 1쇄 발행일** 2014년 2월 27일

지은이 안민현 | **펴낸이** 곽중열 | **담당편집 팀장** 이범수
편집부 신연제 이윤아 김호성 김은경

펴낸곳 (주)조은세상 | 출판등록 제 2002-23호
주소 경기도 고양시 일산동구 장항동 558번지 6호
TEL 편집부 02)587-2966 영업부 031)906-0890 | FAX 031)903-9513
e-mail bukdu@comics21c.co.kr

ⓒ안민현 2014
ISBN 979-11-5512-369-0 | ISBN 979-11-5512-368-3(set) | 값 8,000원

룬

RUNE

2

안민현 퓨전판타지 장편소설

NEO FUSION FANTASY STORY & ADVENTURE

북두
마음을 여는 세상

NEO FUSION FANTASY STORY & ADVANTURE

LUNE

NEO FUSION FANTASY STORY & ADVANTURE

제 1 장

요정의 보석에 갇힌 정령

제1장
요정의 보석에 갇힌 정령

　-소환자여. 나 불의 정령왕 이프리트. 그대와 맹약을 맺는 걸 허락하노라.

　"맹약이라⋯. 그 말은 저의 정령이 되어 주시겠다는 말씀이십니까?"

　이프리트가 고개를 끄덕인다.

　"하지만 저는 당신을 부릴 만큼 강하지 못합니다."

　-나를 부릴 수 있는 존재는 세상 어디에도 없다. 다만 맹약에 따라 내 힘을 빌려줄 뿐이다.

　룬은 몸을 살폈다. 마나홀에 자리한 불의 마나가 느껴진다.

　"이건 당신의 힘입니까?"

-그렇다. 맹약을 맺는 동안 나의 힘은 너에게 종속된다.

정령왕과의 맹약이라.

그리고 그의 힘을 빌릴 수 있다니.

대단히 매력적인 제안이 아닐 수 없다.

하지만 아름다운 가시에는 가시가 많은 법이다.

"만약 거절하면 어떻게 되는 겁니까?"

-모든 게 없던 일로 돌아간다.

룬은 문득 깨어진 요정의 보석이 떠올랐다.

"그럼 다시는 당신을 불러 낼 수 없는 겁니까."

-그렇다.

"만약 맹약을 맺는다면 저는 당신에게 무엇을 해줘야
합니까?"

룬의 말을 들은 이프리트는 껄껄거리며 웃었다. 그가 웃
을 때마다 시뻘건 화염덩어리가 나와 바닥을 그을렸다.

룬은 동공이 쪼그라드는 것 같았다.

-소환자여. 인간인 네가 나에게 해줄 수 있는 게 있다고
보는가?

"그럼 일방적으로 불리하기만한 맹약을 하는 이유가 뭡
니까?"

-그렇기에 맹약이라는 것이다.

알 듯 모를 듯 애매한 말이었다.

"제가 맹약을 맺는다고만 하면 끝입니까?"

－물론 힘을 받아들이는 과정을 거쳐야 한다.

"그 과정이 위험한 결과를 초래할 수도 있겠군요."

－이전까지의 소환자들에게는 아니었지. 하지만 인간인 너는 그럴지도 모르겠군.

"죽을 수도 있는 겁니까?"

－그렇다.

너무도 무덤덤한 말이었다.

그의 입장에서는 소환자인 룬의 생사는 안중에도 없는 것일까.

－소환자여. 너는 깊은 깨달음을 얻은 척을 하지만 여전히 우둔하구나. 모든 일에는 대가가 따르는 법. 많은 힘을 얻기 위해서 더 많은 위험을 감수해야 하는 건 너무도 당연한 것이 아닌가. 무얼 망설이는가, 소환자여.

악마의 속삭임처럼 달콤한 말이었다.

룬은 문득 눈앞의 있는 이 괴형체가 실은 정령왕이 아닌 악마가 아닐까 하는 생각을 했다.

하지만 악마든 아니든 상관없었다.

룬은 이미 결정을 내렸다.

"좋습니다. 맹약을 맺겠습니다."

－위험을 감수하기로 결정했구나, 소환자여.

"아니요. 저는 반드시 맹약에 성공할 건데 감수할 위험이 어디있겠습니까."

-크하하하.

불의 정령왕. 이프리트가 웃었다.

대지가 진동하고 땅에서 용암이 튀어 올라왔다.

불길이 룬에게 날아 들었지만 룬은 피하지 않았다.

그 불길 또한 이제 자신의 것인데 피할 이유가 없는 것
이다.

-나 불의 정령왕 이프리트. 그대의 정령이 되리라.

순간 이프리트의 몸이 세포가 분열 되는 찢어졌다. 그러
더니 룬에게 날아들기 시작했다.

룬은 이프리트의 기운이 몸속으로 들어오는 걸 느꼈다.

처음 몇 초간은 힘이 넘쳤다.

하지만 얼마 지나지 않아 감당할 수 없을 정도가 되었고
고통이 찾아왔다.

그 상황에서도 룬은 굉장히 익숙한 느낌을 받았다.

사부가 처음 마나의 길을 닦아 줄때와 비슷한 느낌이었
다.

룬은 고통속에서도 가부좌를 틀고 자리에 앉았다. 그리
고 물밀 듯 밀려들어오는 이프리트의 기운을 갈무리하기
시작했다.

처음에는 마나홀. 그리고 회음으로 시작해 승장까지. 총
24개의 마나의 길을 돌았다.

이프리트의 기운이 마나의 길을 지날 때마다 타는 듯한

통증이 느껴졌다.

하지만 그 기운이 지나가고 난 뒤에는 어김없이 개운한 느낌이 전해졌다.

화염의 기운이 모든 탁기를 제거해주고 마나가 활보할 수 있는 길을 더 매끄럽게 만들어 준 것이다.

24가지의 마나의 길을 돌았음에도 이프리트의 기운은 여전히 유입되고 있었다.

룬은 다시 마나홀. 그리고 이번에는 장강으로 시작해 은교로 끝나는 28가지의 마나의 길로 이프리트의 기운을 돌렸다.

이프리트의 기운을 28가지의 마나의 길을 돌아 다시 마나홀에 모아졌다.

룬의 마나홀은 순식간에 가득 찼다. 이전만큼, 아니, 그보다 훨씬 더 강력하고 많은 양의 마나가 쌓였다.

하지만 룬은 마냥 기뻐할 수만은 없었다.

이프리트의 기운은 여전히 몸속으로 유입되고 있었다.

그 양은 전혀 줄어들지 않았다.

오히려 이전보다 더욱 물밀 듯 밀려들어왔다.

룬은 이전과 같은 방법을 반복했다.

하지만 마나를 운용하는 것보다 밀려들어오는 이프리트의 기운이 훨씬 강했다.

'이대로는 위험하다.'

룬은 상급마나홀을 개방했다. 화음에서 승장. 장강에서 은교로 이어지는 마나의 길에 더해 인당까지 마나의 길을 개방했다.

이프리트의 기운이 마나의 길을 타고 순식간에 머리까지 올라왔다.

머리가 타는 듯 아파왔다.

불의 기운을 다시 마나홀로 내려 보내야 되는데 역류하는 물처럼 계속 치고 올라왔다.

눈과 귀에서 피가 흐르고 몸이 부르르 떨렸다.

룬은 인당을 넘어 정수리에 해당하는 신정. 그리고 가장 상부에 위치한 신화까지 기운을 끌어 올렸다.

억지로 막아놓은 물꼬가 터지듯 순식간에 기운이 머리 끝까지 치고 올라갔다.

한번 치고 올라온 불의 기운은 내려갈 생각을 하지 않았다.

오히려 이전보다 더욱 맹렬한 기세로 치고 올라왔다.

더 이상 버티기가 힘들었다.

그때 귓전에 사부의 음성이 들렸다.

─이놈아. 욕심을 버리라 내 몇 번을 말했더냐. 그렇게 돼지처럼 마나만 쌓아 봤자 아무짝에도 쓸모가 없어. 버려라. 마나연공은 욕심을 버리고 자연과 하나가 되는 과정이지 그렇게 억지로 몸에 쌓는 게 아니야.

룬은 최상부에 위치한 마나를 내려 보내려 하지 않고 그대로 두었다.

말릴 때는 불같이 사랑하던 연인이 가만 놔두니 그저 그런 남녀가 된 것처럼 머리에 모였던 불의 기운이 정수리를 지나 자연으로 빠져나가기 시작했다.

얼마나 시간이 흘렀을까.

어느새 이프리트의 모든 기운이 사라졌다.

룬은 눈을 떴다.

자각하지 못하고 있었지만 몸은 공중에 붕 떠 있는 상태였다.

룬이 내려가려고 마음을 먹자 두 다리가 바닥에 안착했다.

룬은 두 손을 들고 고개를 좌우로 흔들며 몸을 살폈다.

강력했던 기운은 사라지고 몸에는 한줌의 마나도 남지 않았다.

후우웅―

뜨거운 바람이 일었다.

그리고 이프리트가 다시 모습을 드러내었다.

활활 타오르던 그의 형체는 털이 없어진 맹수처럼 축소되어 있었다.

―자연경에 들어선 인간이라니…… 역시 내 눈이 틀리지 않았어.

자연경.

자연의 힘을 몸으로 받아들이는 것을 넘어 다시 자연으로 회기 시키는 경지를 뜻했다.

룬은 자연경이라는 말을 처음 들어 보았다.

하지만 그것이 뜻하는 바가 무엇인지 알 것 같았다.

-축하한다, 소환자여. 나 불의 정령왕 이프리트. 맹약에 따라 그대를 주인으로 인정하노라.

주인.

유독 그 단어가 기분 좋게 느껴졌다.

하지만 한편으로는 허무함이 찾아왔다.

아카데미에서 깨달음을 얻었을 때와 비슷한 감정이었다.

한 경지에 올라설 때마다 이렇듯 허무함을 느껴야 하는 것일까.

문득 사부의 고독한 얼굴이 떠올랐다.

세상을 좌지우지 할 만한 힘을 가지고 있으면서도 어딘가 텅 빈 듯 공허한 얼굴을 하던 사부.

-이걸 받거라.

이프리트의 몸에서 빛이 새어 나왔다. 그러더니 붉은 반지 하나가 룬의 손에 날아왔다.

자신의 몸으로 반지를 만들기라도 한 듯 이프리트의 형상이 더욱 작아져 있었다.

그가 내뿜고 있는 기운 또한 많이 약해져 있었다.

"이게 뭡니까."

―맹약의 징표다. 한번 끼면 물리적인 힘으로는 벗을 수 없다. 오직 맹약이 깨졌을 때만 가능한 일이지. 그걸 끼는 순간 맹약은 되돌릴 수 없는 일이 되어 버린다. 맹약은 소환자와 나의 의지로 해지 가능하며 누군가에게 이전 또한 가능하다. 허나 그로 인해 소환자에게 생기는 영향은 인간인 네가 감당할 수 없을 수도 있다.

룬이 반지를 만지작거렸다. 반지를 끼면 정령왕과 맹약은 완전히 끝이 난다. 그리고 그의 힘을 빌릴 수 있다.

하지만 그로 인해 끊을 수 없는 제약을 안아야 한다.

갈등의 순간이었다. 하지만 룬의 고민은 오래가지 않았다.

룬은 머뭇거림 없이 반지를 꼈다. 싸한 느낌이 전신을 타고 흘렀다. 보이지 않는 무언가로 묶인 느낌이었다.

반지는 룬의 손에 자리하고 얼마 지나지 않아 사라져 버렸다.

그리고 그 자리에 붉은 선이 반지대신 그어졌다.

―이로써 너와 나의 맹약은 완전히 이루어졌다.

그제야 룬은 정령왕과 맹약을 맺었다는 말이 실감이 났다.

"몸속에 마나가 없어요. 하지만 느낄 수 있어요. 제 안에 불의 힘이 넘쳐나고 있어요."

-자연의 힘을 다룰 수 있게 됐다는 걸 뜻하지.

　"이건 저의 힘인가요, 아니면 정령왕의 권능인가요?"

　-나의 권능이다. 하지만 그를 이룬 건 너다. 그러니 너의 힘이다.

　"너무 막연해요. 처음 마나를 느꼈을 때처럼 이 힘을 어떻게 사용해야 할지 모르겠어요."

　-초조해 할 것 없다 소환자여. 그것은 인간이 태어나 기고, 또 걷고, 뛰게 되는 것만큼 자연스러운 일이다. 눈을 감고 불의 기운을 떠올려보아라.

　룬은 눈을 감았다. 그리고 불을 떠올렸다. 그러자 별안간 불덩이 하나가 바닥에 떨어져 내렸다. 하지만 바닥을 때리는 충격은 없었다. 그 전에 불의 기운을 거뒀기 때문이다.

　룬은 다시 눈을 떴다. 이전에는 느낄 수 없었던 자연에 퍼져 있는 불의 기운들이 느껴졌다.

　-새로운 경지를 경험한 소감이 어떤가?

　"아직은 잘 모르겠어요."

　-시간이 지나면 해결해 줄 문제지.

　말을 하는 도중에도 이프리트의 형체는 점점 줄어들고 있었다.

　형체뿐만 아니라 그가 풍기는 기운마저 약해지고 있었다.

아무리 그가 정령왕이라지만 인계에 있는 데에는 제약
이 따랐다.

더욱이 맹약을 맺기 위해 힘을 대부분 소진했으니 형체
마저 작아지고 있는 것이다.

"많이 힘들어 보이십니다. 정령계로 돌아가셔야 되는
거 아닙니까?

룬은 궁금한 것이 많았다. 하지만 이프리트의 상태가 좋
지 않아 보였다.

어차피 맹약을 맺은 이상 그가 아무리 대단한 존재일 지
라도 소환해 응해야했다.

궁금한 것을 물을 시간은 앞으로도 많이 있었다.

―아무래도 그래야 할 것 같군.

"힘이 다시 돌아오려면 얼마나 지나야 합니까?"

―이곳의 시간으로 100년정도는 지나야겠지.

"예?"

생각지도 못한 너무 긴 시간이었다.

100년 후 라면 살아 있을지도 모를 만큼 아주 긴 시간이
었다.

―하지만 다음 소환에 응할 정도라면 달포 정도면 충분
하다.

"깜짝 놀랐습니다."

―후후. 다음에 봤을 땐 가진 힘을 온전히 사용할 수 있

었으면 좋겠군. 자연경에 이른 두 번째 인간이라……. 기대되는군.

이프리트는 그 말을 끝으로 사라졌다.

이프리트가 사라지자 룬은 조금 어안이 벙벙한 얼굴로 그 자리에 계속 서 있었다.

그러다 양손으로 뺨을 툭툭 쳤다. 정신이 조금 드는 듯했다.

"사부…."

힘을 얻었다.

가장 절실히 생각나는 존재는 사부였다.

그리고 사부를 해하려한 제국이 떠올랐다. 더불어 자신을 죽인 아틀란드까지.

룬의 눈이 이글거리듯 타올랐다.

'이성을 잃어선 안 돼. 아무리 힘을 얻어도 침착함을 잃으면 끝이다.'

룬은 다시 냉정을 되찾았다.

냉정을 되찾은 룬은 가부좌를 틀고 자리에 앉았다.

자연의 기운을 다스릴 수 있는 부분은 불에 한정 되었다.

마나는 여전히 필요했다.

룬은 마나연공에 돌입했다. 자연에 퍼진 마나가 호흡을 통해 체내에 들어와 몸을 휘젓고 마나홀에 들어갔다.

마나연공은 이전보다 빠르게 진행 됐다.

정령왕의 힘을 받아들이는 과정에서 마나홀은 이전보다 두 배는 더 커졌다.

하지만 탁기가 모두 없어지고 마나의 길 또한 팽창하여 한 호흡으로 받아들이는 마나의 양이 이전보다 훨씬 많아졌다.

룬은 마나연공을 끝내고 자리에서 일어났다.

마나가 없을 때도 불의 기운을 다룰 수 있기에 힘이 넘쳤다.

하지만 마나가 마나홀에 자리 잡자 다른 의미로 몸에 힘이 넘쳤다.

룬은 마나를 운용했다.

탁기가 사라지고 더욱 매끄러워진 마나의 길 덕에 마나술의 위력은 이전보다 훨씬 강해졌다.

마나를 기반으로 한 체술 또한 이전보다 훨씬 민첩해 졌으며 파괴적이었다.

강력한 위력을 자랑하지만 마나소모가 극심했던 파이어 소드는 이제 자연의 힘을 빌려 기사의 오러처럼 자유로이 사용할 수 있었다.

하지만 메테오같은 상승의 마법은 자연의 마나로 사용할 수 없었다.

마법은 재배열을 거쳐 구체화 시키는 것이기에 자연의 마나로는 사용할 수 없던 것이다.

헌데 어째서 파이어소드는 자연의 마나로 이룰 수 있는지 의아한 것이었다.

'그렇군. 파이어소드는 엄밀히 말해 마법이 아니었던 거야.'

마법과 순수한 마나의 운용을 구분 짓는 것이 재배열의 유무였다.

확실히 파이어소드는 서클을 거쳐 발현 되지만 그렇다고 꼭 마나를 재배열 한다고 볼 수는 없었다.

단지 그동안은 막연하게 그렇다고 생각하였을 뿐이었다.

룬은 자연의 힘을 사용할 방도에 대해 고민했다.

'이전까지는 몸속의 마나를 사용했다면 이제는 자연의 마나를 사용하는 것 뿐. 원리는 다르지 않다.'

룬은 손을 뻗었다.

"화!"

이글거리는 불길이 룬의 손에 번졌다. 벌겋다 못해 하얗게 될 정도의 강력한 불길이었지만 전혀 뜨거움을 느끼지 못했다.

룬은 솟아오른 불길을 거두었다. 그리고 하늘을 향해 손을 뻗었다. 순간 거대한 불의 장막이 룬을 감쌌다.

룬은 화염의 장막을 거두고 위로 손짓했다. 그러자 화염 기둥이 바닥에서 튀어 올랐다.

자연의 힘을 사용하는 건 생각보다 수월했다.

어떻게 사용하는지 배워서 안 다기 보다는 이프리트의 말처럼 사지를 움직이듯 자연스러웠다.

'좋아. 일단 생각나는 방법은 모조리 해보는 거야.'

룬이 본격적으로 해가 질 때까지 자연의 마나를 다루기 위해 노력했다.

하지만 노력과 달리 뚜렷한 성과는 이룰 수 없었다.

빛이라고는 화로에 타고 있는 불밖에 없었다.

하지만 밀실 안에 있는 이들은 불편함이 없던지 초를 킬 생각을 하지 않았다.

"무사하니 다행이구나."

노인이 말했다.

피부는 젊은 사람처럼 탱탱하지만 백발이 무성했기에 기이한 느낌을 자아내는 노인이었다.

"아쉽게도 요정의 보석은 얻지 못했습니다."

노인의 네 명의 제자 중 세 번째 제자가 말했다.

평범하게 생긴 왜소한 사내. 유렌이었다.

연회장에서 참사가 벌어 진 후. 생각보다 데이미안과 왕실기사들의 실력이 뛰어나 고전을 하긴 했지만 사로잡힐 정도는 아니었다.

"참으로 안타까운 일이기는 하나 목숨이 우선이다."

말은 그렇게 하면서도 못내 아쉬운 기색이 역력했다.

"헌데 스엣, 그 아이가 죽다니…… 참으로 애석한 일이로구나. 왕국에 그녀를 헤할만한 인재가 있을 거라고는 생각하지 못했거늘."

"어쩌면 죽은 게 아닐 수도 있습니다."

"그게 무슨 말이냐?"

"원래의 곳으로 돌아가기 위해 위장을 한 것일 수도 있습니다."

"원래의 곳으로?"

"예."

"그럼 그 아이가 네가 의심했던 대로 세작이었다는 말이냐?"

"그렇습니다."

"근거는?"

"이번 연회장에서의 일이 그 증거입니다. 동선 하나하나까지 미리 생각해 두었던 모양입니다."

노인은 연회장에 있지 않았기에 무슨 일이 있었는지 정확하게 알지 못했다.

하지만 유렌은 거의 확신에 찬 얼굴을 하고 있었다.

"흐음."

노인의 얼굴에 씁쓸함이 스쳤다. 스엣은 모르고 있지만

노인은 그녀를 직접 본적이 있었다. 묘하게 마음이 가는 아이였다.

사실 유렌은 그녀를 일찍이 내치려 했다. 그런 유렌을 만류하고 나선 것이 그였다.

그래서 그녀의 배신에 더욱 마음이 쓰렸다.

"그럼 그 아이는 제국의 사주를 받았겠군."

"예."

"그녀가 얼마나 되는 정보를 얻어 갔을 것으로 보느냐?"

"표면적으로 드러난 사실 정도가 전부일 겁니다."

"그럼 우리의 존재에 대해서는 모르고 있겠군."

"예."

"헌데 그 애가 어떻게 요정의 보석에 대해 알고 있는 거지?"

"모르고 있을 수도 있습니다. 마침 귀환을 하는 과정에서 전리품정도로 챙겨갔을 가능성이 높습니다. 근래에 그녀를 좀 더 세밀히 감시했는데 이를 눈치 채고 미리 수를 쓴 거죠."

"그럴 수 있겠군. 아니, 오히려 그럴 가능성이 더 높겠어. 요정의 보석을 취하려 했다면 차라리 다른 방법을 택하는 편이 나았을 테니까. 참으로 무서운 일이로구나. 제국에서 어찌 알고 너희의 존재를 파악했단 말이더냐."

"제 불찰입니다."

"아니다. 이렇게 조심 또 조심했는데도 눈치를 했다는 건 그만큼 그들의 정보력이 뛰어나다는 뜻이겠지. 어찌됐건 일이 곤란하게 되었어. 요정의 보석이 제국에 손에 들어갔다면 다시 되찾기란 만만치 않을 텐데."

노인이 수염을 쓰다듬으며 한탄했다.

"빌어먹을. 그 왕자 놈만 아니었어도…."

트라울라가 씩씩거렸다. 그는 노인의 네 번째 제자로써 이곳에서 서열이 가장 낮지만 그는 그런 것 따위는 신경 쓰지 않는 사람이었다.

"이번 일은 처음부터 치밀한 계획 하에 이뤄진 것이야. 그 왕자도 이용을 당한 것일 뿐이겠지. 그러니 열을 낼 필요 없어."

"쳇. 여전히 잘나셨군."

트라울라가 앉아 있던 탁자에서 내려와 문을 열고 나가 버렸다.

"하여간 저 성질머리하고는. 저 놈을 받아 들이는 게 아니었는데. 쯧쯧."

노인이 혀를 찼다.

말은 그렇게 했지만 트라울라 또한 아끼는 제자 중 한 명이란 걸 모르는 사람은 없었다.

노인은 다시 유렌에게 시선을 돌렸다.

"만에 하나지만 스엣이 진짜로 죽었을 가능성은 없는 것이더냐?"

"물론 그럴 수도 있습니다. 해서 룬이라는 자를 만나보려 합니다."

"왜 하필 그자를 찾으려 하는 것이냐?"

"가장 최후까지 스엣과 있던 자입니다."

"그렇구나. 혹시 모르니 트라울라와 함께 가거라."

"아닙니다. 트라울라와 함께 다니면 사람들의 이목을 끌 겁니다. 혼자 가겠습니다."

"그도 그렇구나."

유렌은 잠시 뜸을 들였다.

"만약에 요정의 보석이 우리 손에 들어오지 않게 된다면 어떻게 하실 생각이십니까?"

"메지아를 발동시키기 위해서는 불, 물, 땅, 바람의 힘이 모두 필요하다. 하나라도 빠져서는 안 되지."

"계획을 늦추실 생각이십니까?"

노인이 고개를 끄덕였다.

"만약 요정의 보석이 이미 각성되었다면요?"

"각성한 자를 잡아와야지."

"요정의 보석을 각성시킨 자라면 만만치 않을 텐데요."

"살기만 하면 된다. 사지가 끊어지든 듣지도 보지도 못하는 신세가 되든 숨만 붙어 있으면 되는 것이야. 이미 겪어 본 일이 아니더냐."

이전에도 이와 비슷한 일이 있었다. 물의 힘이 깃든 워터크리스탈을 알파이노라는 자가 각성 시킨 것이다. 하지만 그를 잡아 강제로 메지아에 힘을 주입했다. 그 과정에서 알파이노는 명을 다했지만 메지아의 힘은 한 단계 높아졌다.

"최악의 경우에는 어떻게 하실 겁니까?"

최악의 경우.

요정의 보석이 각성했지만 각성을 시킨 자가 그 힘을 돌려보냈을 경우였다.

혹은 요정의 보석이 워터크리스탈과는 다르게 이전되지 않는 속성을 가졌을 때도 마찬가지였다.

"그렇다면 어쩔 수 없지. 다른 불의 힘을 찾는 수밖에."

"대안은 있는 겁니까."

"그건 요정의 보석의 행방을 알아본 뒤에 생각해도 늦지 않을 것 같구나. 오랜 염원을 담은 일이야. 그렇게 되지 않길 바라야지."

노인이 화롯불을 바라보았다.

"전 솔직히 마음에 들지 않습니다. 지금 우리만으로도 세상에 나가기에 충분합니다. 대체 무엇이 두려우신 겁니까?"

둘의 대화를 지켜보면 첫 번 째 제자, 테르난도가 말했다.

그는 유렌보다 머리 하나만큼 키가 컸지만 체격이 크지 않아 샌님같아 보이기도 했다.

물론 독사같이 날카로운 눈을 보지 않았다면 말이다.

"갈!"

노인이 호통을 쳤다.

"우리가 상대하려는 것은 제국이다. 제국에는 우리가 모르는 기인들이 넘쳐나는 곳이야."

"그를 찾아보시는 건 어떻습니까?"

"그라면…… 월야를 말하는 것이냐."

"예."

"그는 방관자다. 세상을 뒤바꿀 힘이 있음에도 그저 지켜볼 뿐이지. 그는 찾을 수도 없을 뿐더러 설령 찾는다 해도 우리에게 힘을 실어주지는 않을 거다."

"그자의 나이가 이미 100세가 넘었다고 들었습니다. 그렇다면 후세를 남겨두지 않았겠습니까?"

"흠. 그건 알 수 없는 일이다. 허나 그렇다면 월야의 성정상 그에게 자신의 뜻을 강요하거나 하진 않을 거다."

"그렇다면 잘 된 일이 아닙니까."

"그래. 하지만 그가 우리의 손을 들어준다는 보장은 어디에도 없어. 어쨌건 연은 월야와 있는 것이지 그 후사에

까지 미친 건 아니니까."

"그럼 그의 가치를 먼저 알아주는 사람을 만나면 오히려 우리와 등을 질 수도 있겠군요."

"그래. 허나 이건 어디까지나 만약일 뿐이야. 아직은 월야의 후사가 있다는 것조차 밝혀지지 않았으니 미리 기대할 필요도, 미리 걱정할 필요도 없는 일이다."

그때 있는 듯 없는 듯 의자에 앉아 있던 둘째 헬리오스가 자리에서 일어났다.

그리고는 온다간다 가타부타 말도 없이 그대로 사라져 버렸다.

그는 지독한 외톨이였다.

어디서 왔는지, 나이는 어떻게 되는지, 형제는 있는지, 왜 제국과 등을 지게 됐는지, 아는 사람은 아무도 없었다.

어느 순간부터는 스승을 뛰어넘어 그 실력마저 가늠할 수가 없을 정도였다.

"저는 가끔 저놈이 정말 우리와 같은 편인지 그냥 같이 지내는 사이일 뿐인지 의심이 듭니다."

"그런 소리 마라. 너희는 모두 죽어도 같이 죽고 살아도 같이 사는 형제들이다."

분란이 있을 때면 늘 하는 말이었다.

신기한 것은 세뇌라도 당한 건지 이 상투적인 말을 들을 때면 무작정 그렇게 믿게 된다는 것이었다.

성격이 모난 테르난도도.
외톨이를 자처하는 헬리오스도.
속내를 짐작하기 힘든 유렌도.
투박하고 거친 트라울라도.
그리고 이들을 거둔 스승 바르테오도.
모두 같은 마음이었다.

NEO FUSION FANTASY STORY & ADVANTURE

제 2 장

대면

제 2 장
대면

　룬의 위치를 파악한 유렌은 일정한 거리를 벌리며 뒤를 밟았다.

　룬이 위치한 곳은 아카데미와 정반대편인 피에나르 쪽이었다.

　유렌으로서는 룬이 대체 왜 아카데미와 반대에 위치한 이곳에 있는 것인지 의심스러운 것이었다.

　'조금만 빨리 위치를 파악했었다면 좋았을 것을……'

　룬은 누군가 자신을 뒤쫓아 온다는 것도 모른 채 유유히 아카데미로 향하고 있었다. 워낙 유렌의 움직임이 민첩했기에 룬으로서는 마음먹고 뒤를 밟는 유렌의 기척을 감지하기는 힘들었다.

유렌은 때를 기다리다 인적이 드문 공터가 나온 순간 룬 앞에 나타났다.

❖

아카데미로 향하던 룬은 의외의 인물의 등장에 눈을 동그랗게 떴다.

"당신이 어찌 이곳에…."

유렌은 룬의 반응을 무시한 채 유심히 룬을 살폈다.

평범한 모습. 보기 드문 미남자이기는 했지만 겉으로 들어나는 힘은 분명 평범했다.

외관으로 상대를 파악하기 위해서는 그 사람보다 몇 곱절은 우위에 있어야 했다.

단순히 눈으로 훑는 것만으로는 상대방의 경지를 알기란 그만큼 힘든 것이었다.

오히려 강자는 강자를 알아본다고 상대방이 자신과 실력이 비슷하면 느낌만으로도 그 경지를 알 수 있었다.

허나 이때도 상대방이 마음먹고 숨긴다면 겉모습만으로는 경지를 파악할 수 없는 것이었다.

"스엣을 상대하고도 살아남다니. 놀라운 일이로군."

"그래서 복수라도 하러 왔나?"

"아니. 그녀를 죽여 줬다면 오히려 고마운 일이지."

'이미 스엣이 제국의 사람이라는 걸 알고 있군.'

"보기와 다르게 사이가 좋지 않았나보군. 그럼 최소한 복수를 하기 위해 온건 아니고, 용건이 뭐지?"

"스엣을 이겼다니 얼마나 대단한지 한 번 확인을 해봐야겠지."

"복수를 하진 않을 거라 했던 거 같은데."

"내가 언제 복수를 한다고 했었나?"

"……."

'내가 정말로 스엣을 이길 실력이 되는지 파악하려는 모양이군.'

유렌의 반응으로 보아 싸움은 불가피할 듯 보였다. 하지만 룬의 얼굴에는 자신감이 엿보였다. 얼마 전, 아니 조금 전만 하였더라도 오히려 곤란한 기색을 나타냈을 것이다.

허나 지금은 정령왕과 맹약을 맺었고 그로 인해 이전보다 더 상승의 경지에 다다랐고 자연의 힘도 사용할 수 있었다.

"검을 뽑아라."

유렌이 검을 꺼내 룬에게 겨누었다. 더 이상 불필요한 말 따위는 섞지 않겠다는 의지가 강하게 느껴졌다.

룬도 더 이상 길게 말을 나누고 싶은 생각은 없었다.

"파이어소드!"

룬의 손에 화염의 검이 불타올랐다.

그를 본 유렌이 눈빛을 반짝였다. 오러와 같았지만 불의 기운을 담고 있고, 아무런 매개체 없이 발현 되었다는 점이 호기심 자극했다.

룬은 파이어소드를 앞으로 겨누었다.

"미안하지만 난 검을 쓰지 않거든."

둘의 검이 허공에서 맞닿았다.

우웅.

검이 닿자 기이한 소리가 주변을 울렸다.

어느새 유렌의 검에도 서슬퍼런 오러가 서려 있었다.

둘은 당장이라도 달려들것처럼 기세를 피어 올렸으나 한참이 지나도록 허공에 검을 맞댄 채 움직이지 않았다.

"힘을 숨기고 있었군. 언제까지 그러고 있을 셈이지?"

덤덤한 말이었다.

"그야 내 마음이지."

하며 룬이 왼쪽 손을 들었다.

우우웅, 하는 소리와 함께 허공에서 무언가가 느껴졌다.

유렌이 곁눈질로 허공을 보았다.

지렁이 같이 생긴 초록색 구체들이 하늘을 떠다니고 있었다.

매직미사일이었다.

룬이 허공에 들었던 왼손을 움켜지자 매직미사일들이

유렌에게 날아갔다.

유렌은 파이어소드를 쳐냄과 동시에 날아오는 매직미사일들을 믿을 수 없는 속도로 베어갔다.

매직미사일의 속성상 베이면 두 개로 갈라져야 하나 유렌의 검이 지날 때마다 완전히 소멸하였다.

매지미사일을 모두 벤 유렌은 룬을 노려 보았다.

그러나 그러고 있을 조금의 여유도 룬은 허락하지 않았다.

"버닝본!"

룬의 주문과 동시에 화염이 해골모양으로 번지더니 유렌을 삼켰다.

유렌이 아래에서 위로 검을 긋자 바람의 장막이 생겨났다.

유렌을 덮치던 버닝본이 장막에 빨려들어가듯 흔적도 없이 사라졌다.

하지만 룬의 공격은 그것으로 끝이 아니었다.

"화!"

동시에 불의 구체들이 하늘에서 무수히 떨어져 내렸다.

자연의 마나를 그대로 이용한 수법이었다.

"쳇."

유렌이 쓴소리를 내뱉으로 장막을 위로 올렸다.

그러자 일직선으로 떨어지던 화염덩어리들이 곡선을 그리며 장막을 피해 유렌에게 날아 들었다.

유렌은 이리저리 피하고 또 검으로 베며 화염덩어리를 무력화시켰다.

"체인라이트닝!"

하늘에서 떨어지는 화염덩어리만해도 만만치 않은 데 사슬처럼 형상화된 라이트닝까지 더해졌다.

허나 체인라이트닝은 유렌에게 향하지 않았다. 그에게 떨어지는 화염덩어리로 향했다.

유렌이 화염덩어리를 베고자 검을 휘두르자 아찔한 경험을 해야했다.

라이트닝의 기운이 검을 타고 유렌에게 적중한 것이다.

유렌은 반격을 포기하고 아예 크게 뒤로 물러났다.

울컥-

그의 입에서 선혈이 흘러나와 입술을 적셨다.

라이트닝이 내부의 장기를 자극하여 내상을 입힌 것이다.

"마법사였던가!?"

유렌의 음성에는 노기와 놀람이 동시에 서려 있었다.

"크큭. 아카데미의 검술특기생이 사실은 마법사라니. 너도 나만큼이나 사연이 많은 사람이군."

비틀린 웃음이었다.

"잔 기술 몇 개가 통했다고 기고만장하지 마라."

유렌은 검을 검집에 집어 넣었다.

그리고 눈을 감고 손을 배 위에 올려 놓았다.

휘이익-

바람이 유렌의 발끝에 맴돌았다.

물, 불, 바람, 땅. 메자이의 네 가지 힘. 그 중에 유렌은
바람의 힘을 받았다.

번뜩-

유렌이 다시 눈을 떴다. 차가운 눈빛이었다.

유렌이 땅을 한 번 박차자 거의 사라지듯 빠른 속도로
룬에게 날아갔다. 동시에 발검을 하였다.

이 일 격을 받은 자는 이제껏 아무도 없었다. 아무리 격
전을 치룬 자라도 허무하리만큼 이 일격에 모두 무릎을 꿇
고 말았다.

허나 룬은 달랐다. 룬이 파이어소드를 뻗자 유렌의 검은
채 뽑히기도 전에 허무하게 막혀 버렸다.

하합-

룬이 기합성을 내지르며 힘을 쓰자 쇄도하던 유렌이 오
히려 뒤로 밀려났다.

조금의 거리가 벌어지자 룬은 갖가지 마법을 무작위로
유렌에게 날렸다.

유렌은 장막을 이용하여 공격을 막아냈지만 더 이상 거리를 좁힐 수 없었다.

유렌은 방향을 달리 공중으로 몸을 띄우더니 곧 곡선을 그리며 룬에게 날아들었다.

룬은 윈드워크를 이용해 크게 뒤로 물러났다. 동시에 파이어소드를 유렌이 떨어지는 지점에 던졌다.

유렌이 착지와 동시에 오러를 일으켜 파이어소드를 막았다.

끼이익―

쇠가 갈리는 듯 한 기이한 소리가 울려퍼졌다.

유렌의 상체가 뒤로 꺾이며 파이어소드에 밀리는 듯 했으나 기합성을 지르자 파이어소드가 튕겨져 나가듯 룬의 손에 다시 회수되었다.

동시에 회수되는 파이어소드를 타고 가는 것마냥 유렌의 신형이 룬을 향해 날아갔다.

상체가 뒤로 꺾인건 파이어소드의 위력이 생각보다 강한 탓도 있지만 도약을 준비하기 위함이었다.

회수되는 파이어소드.

도약하는 유렌의 신형.

그들 중 유렌의 움직임이 조금 빨랐다.

룬은 손에 아무것도 들지 못한 채 유렌의 쇄도를 정면으로 받아내야 했다.

허나 룬의 얼굴에는 여전히 여유로움이 넘쳤다.

유렌이 막 룬의 앞에 당도한 순간.

룬의 신형을 순식간에 사라졌다.

목적지를 잃을 유렌의 신형을 흔들거렸다.

그 사이 유렌보다 조금 늦춰진 파이어소드가 어느새 그의 곁에 다가왔다.

유렌이 허리를 꺾으며 파이어소드를 피하려 했으나 옆구리에 큰 상처를 남겨야 했다.

"보이지 않을 만큼 빠르다 하나 블링크를 능가할 수는 없지."

말소리가 들린 곳은 원래 유렌이 서 있던 곳이었다.

유렌이 얼굴을 굳힌 채 뒤를 돌아 룬을 보았다.

룬의 얼굴에는 희미한 미소가 번져 있었다.

실로 오랜만이었다. 룬은 검사만큼이나 근접전에 강하지만 어디까지나 마법사였다. 치고받고 싸우는 것보다는 이런류의 전투를 좋아했다.

몸이 바뀐 뒤로 마나의 부재로 인해 마법을 제대로 사용하지 못했다. 그러다 원 없이 이전처럼 마법을 사용하게 되니 가슴이 두근거리지 않을 수 없었다.

'깨달음을 얻었지만 크게 변한 건 없다고 생각했는데. 그게 아닌 모양이군.'

유렌은 강했다. 잭스시절에 만났어도 호각지세였을

것이다.

지금은 그때에 비해 자연의 힘을 사용할 수 있었고 마나의 길이 조금 넓어 졌으며 마나도 조금 더 많았다.

그 변화의 결과는 이번 싸움을 통해 여실히 드러났다.

상승의 경지로 갈수록, 한 번의 깨달음으로 얻을 수 있는 것은 적었다.

그러나 그 작은 차이는 결코 따라올 수 없는 어마어마한 결과를 만들어 내곤 했다.

"애석한 일이로군. 조금만 더 나를 일찍 찾았다면 피를 흘리고 있는 쪽은 내가 됐을 수도 있었을 텐데."

"싸움은 끝난 게 아니다!"

유렌이 옷을 찢어 상처 난 곳을 동여매었다. 그리고 호흡을 가다듬고 허리를 꼿꼿이 폈다.

발에 머물던 바람이 어느새 그의 온 주변을 맴돌고 있었다.

"아니, 이미 끝이다."

하늘에는 어느새 거대 운석이 자리하고 있었다. 7써클의 대마법. 메테오였다.

메테오를 시전하기까지는 대략 30초의 시간이 필요했다. 그 사이에 재배열이 한순간도 끊기면 안 되고 집중이 흐트러져도 안 되었다.

그 때문에 근접전에서는 상승 마법을 사용하기란 굉장

히 힘들었다.

하지만 룬은 상황이 여유로우면 상승마법도 곧잘 사용하곤 했다. 주문과 수인을 그리지 않고 마법을 발현하는 데 익숙했기 때문이다.

유렌은 운석을 보았음에도 당황하지 않고 오히려 기세를 피어올렸다.

휘이잉-

더 강한 바람이 유렌의 몸을 휘감았다.

결코 물러서지 않겠다는 의지가 엿보였다.

룬은 그런 유렌의 태도가 마음에 들었다. 허나 그렇다고 손에 사정을 둘 생각은 없었다. 만약 운이 좋아 메테오를 견뎌낸다 하더라도 뒤이을 공격이 남아 있었다.

헌데 그때였다. 별안간 하늘에서 인영하나가 뚝 떨어지듯 나타더니 거대한 메테오를 단칼에 베어 버렸다.

메테오는 유렌이 화염덩어리를 베어 소멸시켰을 때처럼 완전히 사라져 버렸다.

메테오를 벤 인영은 가볍게 착지를 하며 룬을 응시했다.

그는 백발이 무성하지만 얼굴은 매끈한 노인의 모습을 하고 있었다.

"스승님."

유렌의 음성에는 놀람을 비롯해 복잡 미묘한 감정이 서려 있었다.

유렌의 말에도 바르테오는 여전히 룬을 바라보았다.

룬 역시 갑자기 나타난 바르테오를 놀란 눈으로 바라보았다.

"너는 이만 물러나 있거라."

"아닙니다. 제가 끝을 보겠습니다."

"이미 저자의 손에 의해 요정의 보석이 각성한 것 같구나. 그리고 그 힘은 이제껏 우리가 알던 것보다 훨씬 강력한 것이야. 아니, 각성을 시키기 전부터 뛰어난 것일 지도 모르지. 분명한 건 요정의 보석을 각성시킨 저자는 너의 상대가 아니라는 것이다."

확신에 가까운 말.

유렌은 무어라 대꾸를 하려 했으나 자존심이 상한 듯 이내 입을 닫았다.

바르테오는 다시금 룬을 노려보았다.

"젊은이가 놀라운 실력을 가지고 있구면. 홀로 그만한 힘을 키울 수는 없었을 터. 누구에게 가르침을 받았는지 물어봐도 되겠나."

"우리가 그런 것을 묻고 답할 사이는 아닌 거 같소만."

"하긴. 그도 그렇군."

대수롭지 않은 대답과 달리 바르테오의 얼굴에는 묘한 기색이 있었다.

룬은 곁눈질로 바르테오와 유렌을 번갈아 가면서 보았

다. 갑자기 나타난 노인장의 실력을 감히 형언할 수 없을 만한 것이었다. 유렌은 부상을 입기는 했지만 아직 싸울 수 있는 상태였다.

'길과 흉이 동시에 오는 날이군.'

"노인장께선 요정의 보석을 찾으러 온 것이오?"

"그렇다네."

"허나 요정의 보석은 이미 각성이 되었소."

"걱정할 것 없네. 우리가 필요한 건 요정의 보석이 아니라 그 안에 깃든 불의 힘이니까. 그리고 그건 자네의 손에 들어갔으니 자네를 취하면 되는 일이라네."

바르테오는 내심 요정의 보석이 룬의 손에 들어간 것을 다행으로 여겼다.

만약 스엣이 위장으로 죽은 것이고 그래서 요정의 보석이 제국에 손에 들어갔다면 곤란했을 터였다.

"나를 취한다?"

"그렇다네. 하지만 걱정은 말게나. 불의 힘만 취하고 자네에게 해를 가하지는 않겠네…… 비록 이전에는 실수로 덧없는 목숨 하나를 잃게 해야 했지만."

"후후."

바르테오의 말에 룬이 실소를 머금었다. 그리고는 양팔을 벌렸다.

"한 번 들여다보시오. 내 안에 노인장이 말한 그 불의 힘이 있는지."

룬은 일부러 자신의 힘을 외부로 표출시켰다. 당연하겠지만 바르테오가 말한 그 불의 힘이라는 것은 룬에게 없었다. 그건 이프리트의 힘이었고 룬은 맹약을 맺음으로 그의 힘을 빌릴 수 있을 뿐이었다.

맹약을 맺는 단계에서 잠시 불의 기운이 룬의 몸에 자리한 적은 있었으나 그것은 요정의 보석을 각성시키는 과정에서 생긴 일시적인 것이었다.

"당연히 없겠지."

룬이 조소섞인 웃음을 지었다.

"있지도 않은 불의 힘을 대체 어떻게 취한다는 말이오?"

바르테오는 아닌 척 안간힘을 썼으나 당황한 기색이 역력했다.

바르테오의 반응을 보며 룬은 한 가지 의아함이 들었다.

"노인장께서는 요정의 보석이 무엇인지 알고나 있는 것이오?"

"……."

정곡을 찌른 말일까?

바르테오의 얼굴이 순간 굳어졌다.

"그야 불의 힘을 담은 보석이지."

"하하하하!"

룬이 박장대소하였다.

"구체적으로 어떻게 말이오?"

"……."

바르테오는 말문이 막혔다.

정확하게 요정의 보석이 무엇인지는 사실 알지 못했다.

그저 이전처럼 힘을 담고 있는 것이라는 것만 알았다. 메자이와 그 힘을 일깨워줄 네 원소를 알려준 고서에는 정확하게 그것이 무엇인지 까지는 나와 있지 않았다.

"요정의 보석은 불의 정령왕, 이프리트를 봉인해둔 것이었소. 그리고 나는 정령왕과 맹약을 맺었지. 다시 말해 노인장이 말한 불의 힘이란 이프리트의 힘이지 내 것이 아니오."

"……."

바르테오의 얼굴이 굳어졌다. 이런 식의 전개는 예상하지 못한 것이었다.

"노파심에 덧붙이자면 만약 나의 신상에 문제가 생긴다면 맹약은 자연스레 끊어지게 되고 이프리트의 힘은 소멸될 것이오."

룬이 이런 말을 하는 의도는 충분히 알 수 있는 것이었다. 자신을 해코지해서 얻을 게 없으니 쓸데없이 힘을 낭비하지 말라는 뜻이었다.

허나 바르테오 입장에서는 무작정 그렇게 넘어 갈수만은 없었다.

불의 힘은 오랫동안 기다려온 메지아를 완성시켜줄 마지막 재료였다.

바르테오는 흔들리는 마음을 다잡았다.

"생각해보니 오히려 잘 된 일일 수도 있겠군. 내가 필요한 건 자네 말대로 불의 힘이네. 그리고 자네가 이프리트와 맹약을 맺었다면 자네의 권능으로 그 힘을 우리가 원하는 데 사용하게 하면 되는 게 아닌가. 그렇다면 우리는 쓸데없이 자네에게 해를 가할 필요가 없으니 서로에게 나쁠게 없는 일이지. 허나 그건 자네 말대로 자네가 이프리트와 맹약을 맺었을 때의 일. 이프리트와 맹약을 맺었다면 증거를 보여주게."

"내가 왜 그래야 하는 것이오?"

"그러한 사실을 굳이 나에게 말한 건 분쟁을 일으키고 싶지 않았기 때문이 아닌가?"

"물론 그렇기는 하지만 생각해보니 그렇게 되면 나의 이용가치가 떨어지게 되는 건데 거사를 치룬 뒤 내 안전은 어떻게 보장하시겠소?"

"우리가 자네를 왜 해친다고 생각하나?"

"그야 내가 당신들의 존재를 알고 무엇을 필요로 하는지 알았기 때문이지."

"허허. 자네는 생각보다 의심이 많은 사람이군. 우린 그런걸로 사람을 해하거나 하지는 않는다네. 내 약속하지. 우리의 일에 방해만 하지 않는다면 그럴 일은 결코 없을 걸세."

바르테오가 손자를 대하는 할아버지처럼 사람 좋은 웃음을 지었다.

'어차피 한 달 후면 이프리트를 소환할 수 있게 된다. 그럼 아무리 이 노인장이 강하다 하더라도 위협이 될 순 없겠지. 그래도 무슨 일을 하려는 건지도 모른 채 무조건 동조할 수는 없다.'

"그 말은 방해를 할 경우에는 손을 쓰겠다는 말이 아니오? 그렇다면 최소한 노인장이 무슨 일을 하려는 건지는 알아야 하지 않겠소?"

"……."

바르테오는 대답대신 룬을 노려보았다. 하지만 이윽고 졌다는 듯 고개를 돌리며 입을 열기 시작했다.

"우리는 힘을 얻어 세상에 나갈 것이네. 그리고 부패하고 썩어 빠진 세상을 바꿀 것이야. 우리의 힘은 개인적인 욕심에 사용하지 않을 것이며 힘없는 사람을 위해 쓰일 것이네. 자네가 부패하고 힘이 있는 자라면 우리 일에 방해가 되겠지. 허나 그렇지 않다면 우린 자네에게 어떠한 것도 하지 않을 것이야."

바르테오가 다시 룬을 빤히 응시했다. 룬도 피하지 않고 바르테오의 시선을 받았다. 흔들리지 않는 굳건한 의지가 엿보였다.

'신념이 있는 자다.'

신념은 굳은 믿음에서 비롯된다. 믿음이란 때때로 흔들리기도 하지만 그것을 어떻게든 지켜냈을 때 비로소 신념이 생기는 것이다.

때론 절대악을 믿는 자가 신념을 가지기도 한다. 하지만 바르테오는 최소한 절대악으로 보이지는 않았다.

룬이 고개를 끄덕이더니 손가락을 내밀었다. 이프리트와의 맹약으로 손가락에 새겨진 문양을 보여준 것이다.

"이프리트와의 맹약으로 새겨진 것이오."

허나 바르테오는 그것이 무엇을 뜻하는지 알 길이 없었다.

"아쉽게도 정령왕은 맹약을 맺기 위해 힘을 소진한 상태요. 때문에 한 달 정도는 지나야 다시 인계에 헌신할 수 있소."

"흐음. 한 달이라…. 오랫동안 기다려온 일. 한 달을 더 기다리지 못할 것도 없지. 허나 자네의 말을 어떻게 믿지?"

"나는 내 모든 걸 보여줬소. 믿고 안 믿고는 이제 노인장 손에 달린 일이지."

바르테오가 다시 룬을 응시했다. 룬은 폐부 깊숙이 날카로운 무언가가 헤집고 다니는 느낌을 받았다. 굉장히 껄끄러운 기운이었으나 룬은 그 기운을 물리지 않았다.

이윽고 기운이 걷히고 바르테오가 입을 열었다.

"그럼 한달 후에 이 자리에서 보도록 하지."

룬이 고개를 끄덕였다.

"원하는 게 있으면 생각해오게. 해줄 수 있는 일이라면 보상을 해주겠네."

"그런 건 필요 없소. 단지 이번일이 끝나고 더 이상 볼일이 없었으면 하는 바램일 뿐이오. 아, 그리고 나 또한 노인장에 관해서는 어디에도 말하지 않을 테니 노인장도 그리 해주시오."

"그건 오히려 내가 바라던 바네."

"한 달 후에 봅시다."

룬은 장내를 벗어났다.

룬이 시야에서 완전히 사라진 것을 본 유렌이 바르테오에게 물었다.

"저자를 저리 쉽게 놓아주셔도 되는 겁니까?"

"어찌하겠느냐. 한 달 내내 붙잡고 있을 수도 없는 노릇이니."

"저자의 말을 믿으시는 겁니까?"

바르테오가 고개를 끄덕였다.

"믿을만한 자가 아닙니다. 그는 얼마전까지 소문이 좋지 못한 변방의 귀족이었습니다. 그런 자가 갑자기 그래플 아카데미의 검술특기생이 된 것도 모자라 마법을 저리 능숙하게 다룬 다는 건 상삭적으로 이해할 수 없는 일입니다. 필시 무언가를 숨기고 있는 게 분명합니다."

"그럴 지도 모르지. 허나 그가 무엇을 숨기고 있든 우리에게는 불의 힘이 필요하다."

유렌은 여전히 못마땅한 얼굴을 하고 있었다.

"세상에는 우리의 상식이 통하지 않는 사람이 무수히 많단다. 단순히 귀찮다는 이유만으로 세상에 나오지 않은 기인들도 수두룩하지."

"허나……."

"되었다. 거슬린다고 상대를 제압한다면 우리가 그들과 다를 게 무엇이냐. 그 이야기는 그만하도록 하자꾸나."

유렌은 여전히 바르테오의 대응이 못마땅했다. 허나 바르테오가 확고한 얼굴을 하고 있기에 더 이상 왈가불가하지는 않았다.

❖

일왕자가 참석했던 연회장에서 벌어진 참사는 일단락이 되었다.

연회장에 있던 범인은 겹겹이 쌓여진 포위망을 뚫고 유유히 사라져 버렸으며 요정의 보석을 가지고 있던 여인은 싸늘한 시체로 되어 발견 되었다.

다행히 인명피해는 없었지만 왕실이 발칵 뒤집히기에 충분한 사건이었다.

대소신료들이 한 자리에 모여 긴급회의가 벌어졌다.

룬은 최후까지 스엣과 함께 있었다는 이유만으로 아카데미에 돌아오자마자 이 자리에 소환되게 되었다.

"그러니까 자네 말은 두 여자를 왕궁으로 보낸 직후에 누군가 나타나 그녀를 물리치고 요정의 보석을 가져갔단 말인가?"

토레논 공작이 물었다.

"예."

"대체 그자가 누구이기에 기다렸다는 듯이 나타났단 말인가. 그 자의 얼굴은 보았는가?"

"워낙 신출귀몰한데다 로브로 전신을 가리고 있어 보지는 못했습니다."

"시체는 형태를 알아보지 못할 정도로 난도 당해 있었네. 그자는 검술에 능했는가?"

"아닙니다. 그자는 검보다는 불에 능했습니다."

"자네는 그 여인의 시체를 보았는가?"

"아니요. 상황이 종료 되자마자 바로 자리를 떠나 보지 못했습니다."

"그렇구만."

시체는 불에 그슬려 형태를 알아 볼 수 없는 상태였
다.

그럼에도 난도질을 당한 것이라 물었던 것은 룬이 얼마
나 상황을 제대로 보았는지 확인하기 위함이었다.

극도의 상황을 직면할 경우 사람은 때때로 환상 같은 것
을 만들어 내곤 했기 때문이다.

"혹여 둘이 무슨 대화 같은 걸 하진 않았는가?"

"예. 오자마자 바로 손을 썼기 때문에 대화가 오간 건 없
었습니다."

"달리 단서가 될 만한 것들은?"

"워낙 상황이 급박하게 종료되어 모르겠습니다. 만약
단서가 있다면 그곳을 조사하고 있는 수사관들이 알아내
겠죠. 도움이 못되어 드려 죄송합니다."

"아닐세."

토레논이 고개를 저었다.

"듣자하니 그 여자의 말에서 트린베니아의 억양이 섞여
있었다고 하던데. 사실인가?"

상황을 지켜보고 있던 롱바텀 백작이 질문을 던졌다.

룬에게 한 질문이지만 대답은 오리엔테스에게서 들려왔
다.

"예. 처음에는 경황이 없어 몰랐지만 돌이켜 보니 분명 트린베니아의 억양이 섞여 있었습니다."

오리엔테스는 아직까지도 타라울란의 독에 중독되어 있는지 얼굴이 시퍼렇게 올라 있었다.

"그럼 이번일은 트린베니아 쪽에서 벌였을 가능성이 높겠군."

"속단하기는 이르지만 그럴 가능성이 높겠죠."

헤지스 백작이 동조했다. 그는 토레논 공작이나 브농 후작을 제외하고 가장 영향력이 있는 인물이었기에 그가 말하자 다들 귀를 기울였다.

"트린베니아에서 무엇 때문에 이런 일을 꾸몄단 말입니까. 그들과 우리는 제법 좋은 관계를 유지하며 교역을 하고 있는데 말입니다. 또 그들에게는 우리와 분란을 일으켜 좋을 이유가 전혀 없습니다."

브농 후작이 반발했다.

"보고에 의하면 요정의 보석을 구하려 하다 차질이 생겨 우발적으로 벌어진 일이라 합니다. 그러니 다른 이유가 있었던 건 아닌 듯싶습니다."

"설령 그렇다 하더라도 남의 나라의 수도에서, 그것도 일왕자님이 계신 곳에서 그런 분란을 만든 건 도저히 용납할 수 없는 일입니다. 당장 그들과 교역을 중단하고 강경책을 펼쳐야 왕실의 체면이 살 것입니다."

헤지스 백작이 롱바텀 백작을 동조하고 나섰다. 각자 다른 의견을 가지고 있는 자들도 그 말에는 동감하는지 작게 고개를 끄덕였다.

"험험. 다들 진정하시고 자네는 이만 가 봐도 좋네."

토레논이 민감한 이야기가 나오려 하자 룬을 보냈다.

"예. 그럼 이만 가보겠습니다."

룬이 토레논과 대소신료들에게 인사를 했다.

그때 토레논이 룬의 옆에 오더니 낮은 목소리로 속삭였다.

"고맙네. 자네 덕에 딸아이가 무사할 수 있었어."

"아닙니다."

"아닐세. 지금은 상황이 급박하니 그렇고 다음에 보답을 꼭 하겠네."

"보답이라니요. 나중에 술이나 한잔 사주십시오."

"그래. 내 꼭 그리 하겠네."

토레논 공작이 룬의 등을 토닥거렸다. 룬이 다시 한 번 목례를 하고 장내를 벗어났다.

룬이 장내를 벗어나고 아카데미로 향하려 할 때 누군가 룬을 붙잡았다.

그는 다름 아닌 데이미안이었다.

"어쩐 일이십니까?"

"얘기는 들었다. 두 여자를 위해 위험을 무릅썼다지."

"그때 상황에서 최선의 판단을 한 것뿐입니다."

"어찌됐건 그 판단으로 두 여자는 무사할 수 있었으니 겸손을 떨지 않아도 된다."

"칭찬을 받을 만한 일은 아닌 거 같습니다. 그때 어떤 판단을 했든 결국 갑자기 나타난 그자가 모든 일을 해결해 줬을 테니까요.".

"결과야 어찌됐던 그럴려고 했던 마음이 중요한 거지."

"정혼자와 관련된 일이라 인심이 후해 지셨군요."

"그래. 그녀는 내 정혼자다. 정혼자로써 나는 네게 감사하고 있는 것이야. 허나, 그녀에게 목숨을 거는 것은 정혼장인 내가 해야 할 일. 너의 몫이 아니다."

뼈가 담긴 말이었다.

"그럼에도 그와 같은 상황이 다시 온다면 저는 응당 그리 행동할 겁니다."

그 말에 데이민안의 미간이 좁혀졌다.

"그녀는 같은 교관을 모시고 있는 하나뿐인 제 동료니까요."

말을 하고 난 뒤 룬은 구태여 사족을 붙인 것을 후회했다.

"그래. 동료를 위하는 마음, 그 마음이 내 정혼자를 위하는 거라면 좋은 일이지."

데이미안은 유독 '정혼자' 라는 말에 힘을 실었다.

룬은 아직 정식으로 혼사가 오간건 아니지 않느냐고 반문하고 싶었다.

허나 그것을 굳이 입 밖으로 꺼내어 분란을 만들지는 않았다.

룬은 괜시리 데이미안과 에일리아에 대해 말하는 것이 껄끄러웠다.

해서 화제를 전환했다.

"헌데, 두 여자라 하시면 신디아님과도 연이 있으신 겁니까."

데이미안은 고개를 끄덕이는 것으로 대답을 대신했다.

"영지도 하사받지 않은 귀족과 일국의 왕자와 연이 있다니, 놀랄 일이군요."

"신분의 고하와 상관없이 모두 나의 백성이지."

"일국의 공주도 그 백성에 포함되는 겁니까?"

"……."

데이미안은 그 답지 않게 곤란한 기색을 내비쳤다.

"알고…… 있었나?"

"아뇨. 다만 신디아님을 말할 때 데이미안님의 얼굴에 애틋함이 서려 있어 혹시나 싶어 그냥 해본 말이었습니다. 한데 정말로 그럴 줄은 몰랐군요."

데이미안은 괜히 한 방 먹은 기분이 되어 인상을 찌푸렸다.

"분명히 말해두지만 그 아이의 정체는 자네가 알아낸 거네. 절대 내가 말해서 안 것이 아니야."

"여부가 있겠습니까."

룬은 터져나오려 하는 웃음을 가까스로 참았다. 바늘로 찔러도 피한방울 나올 것 같지 않던 자의 입에서 나온 말 치고는 너무 어수룩한 것이었다.

"그리고 혹여 그 사실을 빌미로 무언가 얻으려 한다 면…."

데이미안이 말을 잇기도 전에 룬이 말을 잘랐다.

"그럴 일은 결단코 없을 겁니다."

"그 말. 믿어 보겠네. 더 할 말이 없으면 난 이만 가겠 네."

데이미안은 용건이 끝났는지 가던 길을 가려 했다. 하지 만 룬이 데이미안을 빤히 쳐다보았다.

"더 할 말이라도 있는가?"

"예. 이곳은 그렇고 조용한 곳으로 가시지요."

"따라와라."

데이미안이 룬을 자신의 집무실로 데리고 갔다. 데이미 안의 집무실은 벽이 황금으로 칠해져 있었다. 벽 중간에는 미노타우르스의 머리를 박제한 장식품이 걸려 있다.

"황금빛이 감도는 벽에 미노타우르스의 머리라. 이색적 인 것 같으면서도 잘 어울리는군요."

"내가 맨 처음 사냥했던 녀석이지."

데이미안이 미노타우르스의 뿔을 어루만졌다. 그의 얼굴에 자부심이 느껴졌다. 미노타우르스는 몬스터중에서도 굉장히 상급에 속했다.

오거나 트롤같은 몬스터는 강하지만 지능이 낮다는 측면에서 인간에 비할바가 못되지만, 미노타우르스는 강함은 두 몬스터에 뒤지지 않으면서 지능도 높아 사냥을 하기에 꽤 까다로운 존재였다.

"몬스터 사냥을 자주하십니까?"

"베지 않는 검은 죽은 검이나 다름없지. 인간을 벨 수는 없으니 몬스터라도 베야지."

룬은 적을 눈앞에 두고도 침착함을 잃지 않았던 데이미안을 떠올렸다.

"나를 따로 보자고 한 이유가 뭔가."

"몸은 좀 괜찮으십니까?"

"보시다시피. 어떤 상황에서든 자신의 몸은 지킬 수 있어야 남자라 할 수 있지. 그것 때문에 보자고 한 건가? 시답지 않은 말 말고 용건이나 말하라."

말과 달리 데이미안은 자존심이 상당히 상한 듯 보였다. 바르텐 한복판에서 그런 일을 벌이고도 유유히 빠져나가게 했으니 그럴 만도 한 일이었다.

"일 왕자님은 이번일의 배후가 누구일거라 생각하십

니까.”

“현재까지 드러난 정황을 보면 트린베니아일 가능성이
높을 거라 하더군. 그리고 연회장에 있던 덩치가 큰 사내
가 이미 트린베니아인으로 밝혀졌어.”

“정녕 그리 생각하십니까?”

“이런 일은 개인의 생각이 중요한 게 아니야. 명확히 들
어난 증거를 가지고 판단할 뿐이지.”

“정황을 바탕으로 증거를 찾아가는 것 또한 하나의 방
법이죠.”

“그래서 하고 싶은 말이 뭔가?”

“이번일은 트린베니아의 소행이 아닙니다.”

“근거는?”

“그들과 함께 있었던 스엣이라는 자는 제국의 세작이었
습니다. 그들은 요정의 보석만 취하려 했을 뿐이죠. 그녀
가 정말 트린베니아인이었다면 그렇게 어설프게 행동해서
자국에 누가되는 일은 하지 않았을 겁니다.”

“다시 말하지만 명확하지 않은 증거는 아무런 효력이
없다.”

“데이미안님은 어째서 연회장까지 친히 와서 한낱 보석
에 그렇게 말도 안 되는 가격을 지불하신 겁니까? 단순히
에일리안님의 마음을 사기 위해서입니까? 아닙니다. 분명
누군가의 입김이 작용했을 겁니다.”

"흐음."

데이미안이 곤란한 기색을 내비쳤다.

그는 르니에르 왕국의 왕자였다.

그 스스로 왕국 내에 제국의 세력이 형성되어 있다고 말하는 것은 힘든 일이었다.

그러나 자존심 때문에 무작정 그러한 일들을 방치할 수도 없는 일이었다.

"어찌 제국이라 콕 집어 확신을 하는 거지?"

"마지막에 그녀와 단 둘이 남은 후에, 그녀는 자신의 승기를 완전히 확신한 것인지 저에게 이런저런 이야기를 하더군요."

데이미안이 고개를 끄덕였다.

"제국이 관련되었음은 이미 짐작하고 있었네. 중요한 건 왕국내에 잠입한 자들이 누구인가 하는 거지. 그녀가 그러한 것도 말하던가?"

"그런 말은 없었습니다."

"아쉽게 됐군."

"제 딴에는 도움이 되고자 찾아왔는데 헛걸음이 되고 말았군요."

데이미안은 아니라는 겉치레라는 하지 않았다. 대신 예의주시한 눈으로 룬을 바라보았다.

"이 이야기를 또 누구한테 했는가?"

"아무에게도 하지 않았습니다."

"그럼 앞으로도 계속 그리해주게."

룬이 피식 웃었다.

"만약 떠들고 다닐 생각이었다면 의회장에서 공식적으로 말을 하여 공이라도 취하려 했을 테지, 이렇게 왕자님을 따로 만나지는 않았겠죠."

데이미안이 룬의 말에 동조하는 듯 고개를 살짝 끄덕였다.

그리고 미노타우르스를 한 번 보더니 다시 룬에게 시선을 돌렸다.

"이 이야기를 굳이 나한테 와서 하는 이유가 뭔가?"

"그럼 왕자님 말고 누구에게 합니까?"

그 말에 데이미안이 미묘한 눈으로 룬을 보았다.

"바쁘실 텐데 시간이 많이 지체되었군요. 저는 이만 일어나 보겠습니다."

룬이 자리에서 일어나 집무실의 문을 열었다.

데이미안이 물끄러미 룬을 보았다. 그의 눈에는 복잡 미묘한 감정들이 담겨 있었다.

"그 아이를 만나거든 잘 보다듬어 주게. 이번일로 충격이 꽤 있던 모양이야."

룬이 의외라는 얼굴로 데이미안을 돌아보았다. 그는 어느새 서류더미를 내려다 보고 있었다.

룬은 데이미안 모르게 고개를 끄덕이고는 집무실을 벗어났다.

끼이익―

룬이 집무실을 완전히 벗어나자 미노타우루스가 박제된 벽이 회전하면서 사람 한명이 나왔다.

"자네가 보기에는 어떤가?"

"명석한 자입니다. 하지만 심계가 깊어 완전히 친구도, 적도 될 수 없는 사람입니다."

"어차피 영원한 아군은 없어. 상황에 따라 친구도, 적도 될 수 있는 게 세상이지. 허나, 이번 일에서 만큼은 난 저자가 내 친구가 되어 줄 거라 믿네."

"따로 생각하신 거라도 있으십니까?"

"얼마 후에 제국에서 사절단이 올 걸세. 양국간의 친목을 다지자는 명목이라지만 다른 이유가 있겠지. 나는 저자를 그들에게 보낼 생각이네. 눈치가 비상한 자니 뭐라도 알아내는 게 있겠지. 당분간은 자네가 그를 예의주시해주게."

"알겠습니다."

고개를 조아린 사내는 들어왔던 곳으로 다시 들어갔다.

그는 보이지는 않지만 언제나처럼 데이미안 주변을 지키고 있을 것이다.

음악이 흐르고 간단하게 차와 디저트를 먹을 수 있는 카페 안.

음악을 벗 삼아 사람들이 삼삼오오모여 웃고 떠들고 있는 가운데 룬은 홀로 차를 마시며 창밖을 바라보았다.

날이 어둑어둑해지고 있었기에 창 사이로 웃고 떠드는 사람들의 모습이 비쳤다.

저들은 무엇을 위해 저리 모여 있는 것일까.

한데 어울리는 것이 좋아서 일까, 아니면 홀로 되는 것이 무서워서 일까.

룬이 쓸데없는 생각을 하고 있는 사이 누군가 다가와 인사를 건넸다. 붉은 머리를 허리까지 늘어뜨린 묘령의 여인.

신디아였다.

그녀는 손에 들려 있던 찻잔을 내려놓으며 자리에 앉았다.

"제가 늦은 건가요?"

"아니요. 음악을 듣고 싶어 먼저 나와 있었습니다."

"음악과 차가 공존하다니. 정말 멋진 곳이에요."

룬이 고개를 끄덕이며 그녀의 말에 동감했다.

그녀는 잠시간 룬을 빤히 바라보더니 조심스럽게 입을

열었다. 그녀의 눈에는 복잡 미묘한 감정들이 스며 있었
다.

"무사하셔서 다행이에요."

"신디아님께서 보답을 해주신다고 호언장담을 하셨는
데 어찌 무사하지 않을 수 있겠습니까."

룬이 분위기가 무거워지는 것이 싫어 너스레를 떨었다.

"그리 말해주니 고마워요."

신디아가 찻잔으로 손을 가져갔다. 그리고 찻잔을 응시
한 채 말을 이었다.

"그 일이 있고나서 많은 생각을 했어요. 룬님은 그 상황
에서 목숨을 내놓으면서까지 위험을 무릅썼는데 저는…."

"그 상황에서 떠날 수 있는 것도 용기입니다. 저는 저대
로, 신디아님은 신디아님 대로 용기를 낸 것이니 마음 쓰
지 마세요."

찻잔에 시선을 파묻은 신디아가 고개를 들어 룬을 보았
다. 룬의 얼굴에는 옅은 미소가 걸려 있었다. 사람을 편안
하게 해주는 미소였다.

"이제야 알겠어요. 왜 리오도르님이 룬님을 받아들이셨
는지…. 당신은 비록 채워지지 않았을 지라도 큰 그릇을
가지고 있어요."

"칭찬은 감사하지만 저는 그렇게 큰 그릇은 못됩니다."

룬이 머리를 긁적였다. 사실 두 여자를 왕궁으로 보낸건

위험을 자초한 것이라기보다는 편하게 스엣과 싸우기 위함이었으니 민망하지 않을 수 없었다.

"그 자리를 떠나기 전. 어떤 식으로든지 보답을 하겠다는 말을 기억하시나요?"

"이거야 원. 다들 절 보면 어떻게든 보상해 주겠다는 말만 하는군요. 이래서야 정말 제가 꼭 콩고물이라도 얻어먹으려고 그런 것 같군요."

"그런 뜻은 아니었어요. 하지만 제 입장에서는 무언가라도 보답을 하는 게 도리라는 생각이 들었어요."

"어차피 어떤 결정을 했든 결과는 같았을 겁니다. 그러니 보답은 가당치 않습니다."

"제가 보답하고 싶은 건 결과가 아니라 마음이에요. 룬님도 그걸 모르지 않으실 텐데요. 너무 거절하는 것도 오히려 결례가 될 수도 있어요."

"그렇게 말씀하신다면야 뭐⋯."

"사실 전 룬님이 생각하는 것보다 더 많은 일들을 할 수 있는 사람이에요. 속는 셈 치고 원하는 걸 말해보세요."

말을 듣고 있던 룬은 문득 장난기가 발동했다.

"무얼 숨기고 있기에 생각보다 많은 일을 할 수 있는 사람인지 궁금하군요."

"그건⋯."

신디아의 얼굴에 당황한 기색이 역력히 드러났다.

"일국의 공주님이라도 되나보죠?"

"그게 무슨…."

신디아는 거의 울 것같은 얼굴이 되었다.

"푸하하."

결국 룬은 웃음을 터트리고 말았다.

신디아는 룬이 자신을 놀리고 있음을 깨달았다.

"오면서 데이미안님을 만났습니다."

신디아의 얼굴이 기묘하게 변하더니 이내 체념한 듯 표정을 지었다.

"…그렇게 말하지 말아 달라고 부탁했거늘."

"아, 이 말을 빼먹을 뻔 했군요. '분명히 말해두지만 그 아이의 정체는 자네가 알아낸 거네. 절대 내가 말해서 안 것이 아니야.' 라고 하더군요. 그러니 왕자님을 원망하실 필요는 없습니다."

그럼에도 신디아는 성이 나는지 황소처럼 콧김을 뿜어내었다.

"저는 솔직히 조금 의외였습니다. 일 왕자님이 신디아님을 많이 생각하는 것 같았거든요."

"다른 사람에게는 어떻게 보일지 몰라도 저에게는 좋은 오라버니였어요. 투정도 받아주고, 삐지면 달래주기도 하고, 말도 잘 들어줬죠. 비록 지금은 목석같은 사내가 되어버렸지만."

룬은 신디아의 투정을 받아주는 데이미안을 떠올리려하다 이내 포기했다.

지금의 모습을 봐서는 도저히 상상이 되질 않았다.

"미안해요. 속이려고 했던 아니었어요. 많이 놀라셨죠."

"조금요."

"저는…."

"변명하지 않으셔도 됩니다. 사정이 있으셨겠죠. 신디아님이 원하시면 전 신디아님이 공주인지 상관없이 이전대로 대할 겁니다."

"……."

신디아가 룬을 빤히 보았다.

사람을 편안하게 해주는 특유의 미소가 여전히 빛나고 있었다.

신디아는 기분이 묘했다.

여태껏 자신의 정체를 알고도 이렇게 무덤덤한 자는 본 적이 없었다.

어떻게 해서든 연을 맺으려는 자.

혹은 공주라는 신분에 완전히 제압되어 멀리 하려는 자.

그 두 부류 뿐이었다.

그렇기에 신분을 속이고 아카데미에 나왔다.

자신을 공주가 아닌 신디아라는 인간 그 자체를 바라봐 줄 사람을 만나기 위해.

그리고 그 사람이 눈앞에 있는 이 사내가 아닐까 생각했다.

"고마워요."

신디아가 웃었다.

"그래도 원하는 게 있으면 말씀해주세요. 그 때만은 제가 가지고 태어난 것을 누려볼 생각이거든요."

"음. 정 그렇게 원하신다면 말씀드리죠. 우선 이 음악과 차를 같이 즐기는 것부터 시작하도록 하죠."

룬이 너스레를 떨며 말하자 신디아가 푸웃 하고 웃었다.

"좋아요."

신디아가 찻잔을 내밀며 건배를 했다.

"이 잔에 들은 게 술이 아니라는 게 아쉬울 따름이군요."

"취하기에 충분할 만큼 좋은 음악이 흐르고 있으니 술이 없든 어떻겠습니까."

신디아가 다시 웃었다.

둘은 주인장의 불같은 눈길을 받으며 문이 닫을 때까지 이야기를 주고받았다.

❖

리오도르의 교관실은 그의 성격만큼이나 깔끔하고 심플

했다.

룬이 아카데미 생활을 한 지도 제법 되었지만 그의 교관실에 온 것은 이번이 처음이었다.

매일 6시만 되면 봐야 하는 얼굴이니 구태여 따로 찾아갈 일도, 반대로 리오도르가 따로 룬을 불러낼 일도 없었기 때문이었다.

허나 연회장에서 참사가 있은 후, 아카데미의 모든 수업을 일시적으로 중단한 상태라 얼굴을 보기 위해서는 이렇듯 따로 불러내야만 했다.

어찌됐건 그 덕에 룬은 처음으로 리오도르의 교관실에 올 수 있게 되었다.

"큰 일이 있었다고 들었다."

"예."

"무사한 걸 보니 다행이구나. 그 자리에 내가 있었으면 좋았을 것을."

만약 그랬다면 연회장에서의 상황은 완전히 달라졌을 것이다. 그렇다면 스엣이 사부의 의붓딸이라는 것도 몰랐을 터였다.

"대강의 이야기는 듣고 왔다. 기인이 나타나 목숨 보전했다지?"

룬은 선뜻 대답하지 못했다.

리오도르의 말에 다른 뜻이 있음을 알고 있던 탓이다.

사부에게서 뛰어난 기술을 하사받은 것도, 아카데미 공터에 대마법의 흔적을 남긴 것이 자신이란 것도 알고 있는 리오도르였다.

"사실은⋯."

"말하지 않아도 된다. 이미 그 이야기를 들을 때부터 짐작하던 바가 있었다."

하며 리오도르는 룬을 빤히 응시했다.

"네가 원해서 아카데미에 온 게 아니라는 걸 알고 있다. 지금이라도 원한다면 원래 있던 곳으로 돌려보내줄 수 있다."

"갑자기 그게 무슨 말씀이신지."

"내가 너를 붙잡아 둔 것은, 미약하지만 내 검술이 네게 조금이라도 도움이 될 수 있을 거란 생각 때문이었다. 허나 이제는 그 생각이 과연 옳은 것인지 모르겠구나."

"그런 말씀 마세요. 리오도르님의 검술은 제게 많은 도움이 되었습니다."

아주 입에 발린 소리는 아니었다. 리오드르에게 배운 검술이 주된 것은 아니지만 스엣이나 유렌과 전투에서 나름대로 도움이 됐던 것이 사실이다.

"그리 말해주니 고맙구나. 그리고 내 말은 천천히 두고 생각해 보기로 하거라. 나간다고 해도 이번 학기는 끝이 나야 하니 생각할 시간은 충분할 거야."

"알겠습니다. 그리고 저…."

대답을 하며 룬이 은근슬쩍 리오도르의 눈치를 살폈다.

"이번 일을 비밀로 해달라는 말을 하고 싶은 것이더냐?"

"아닙니다. 여태껏 무조건 숨기려고만 했으나 이제는 생각이 바뀌었습니다."

리오도르가 사람 좋은 웃음을 지었다.

"다행이구나. 잘났든 못났든 자신을 숨기며 사는 삶은 행복하지가 못한 법이야. 아무튼 네 뜻이 그렇다 하더라도 이에 대해서는 함구하도록 하마. 밝히든 숨기든 스스로 하도록 하거라."

"감사합니다."

"이만 가 보거라. 그리고 에일리아가 너를 많이 기다리고 있던 눈치더구나."

"그렇지 않아도 오늘 저녁 보기로 했습니다. 그럼 이만 가보겠습니다."

룬이 고개를 숙인 뒤 교관실을 나갔다.

그날 저녁, 룬은 아카데미 근처 술집에 들렀다. 에일리아와 토레논 공작을 보기 위함이었다.

술집은 룬이 고른 것인데 소박한 술자리를 좋아하는 토레논 공작을 생각해 화려하지 않은 곳을 선택했다.

룬은 주변 풍경이 잘 보이는 목 좋은 자리에 앉았다.

종업원이 다가오자 두 명이 더 올거라는 얘기와 함께 주문을 미루었다.

얼마 후에 토레논과 에일리아가 술집에 들어왔다.

토레논은 말을 하기 전까지는 귀족이라는 것도 모를 정도로 평범한 차림을 하고 있었다.

토레논을 본 룬은 자리에서 일어나 예를 차렸다.

토레논이 룬의 등을 두드리더니 친히 손을 내밀며 악수를 청했다.

"허허. 이거 내가 늦은 건 아닌지 모르겠구먼."

"아닙니다. 이쪽으로 앉으십시오."

룬이 토레논에게 맞은 편을 가리키며 말했다.

"에일리아님도 앉으세요."

허나 룬의 말에도 에일리아는 룬을 매섭게 노려볼 뿐 아무런 반응도 없었다.

그녀가 왜 그러나싶어 가만히 지켜보는 데 돌연 그녀의 두 눈에서 당장이라도 떨어질 듯 눈물이 그렁그렁 맺혔다.

"아―."

룬이 당황하여 아무 말도 못하고 있는데 에일리아가 돌연 룬을 와락 끌어안았다.

룬은 마치 석상처럼 그 상태로 굳어 버렸다. 손가락은 중풍에 걸린 사람처럼 기이한 모양이 되어 버렸다.

"이게…… 갑지기, 무, 무슨."

좀처럼 당황하지 않는 룬이 말을 더듬었다.

놀란 것은 비단 룬뿐만이 아니었다.

이를 지켜보고 있던 토레논 또한 눈이 휘둥그레졌다.

룬은 당황하면서도 이 상태가 계속 지속되면 안 된다는 생각이 들었다.

해서 그녀를 살며시 밀쳤다.

어느 정도 거리가 벌어지자 그녀의 얼굴이 눈에 들어왔다.

여전히 울먹거리고 있는 에일리아.

그녀를 보며 룬은 기분이 묘했다.

"무슨 일이라도 난 줄 알았잖아요. 이렇게 무사한 거면 진작 찾아오셨어야죠."

에일리아의 말투는 심술이 난 아이의 투정과도 같았다.

"허허. 그건 그렇네, 자네가 얼마나 무심했으면 이 아이가 이렇게 눈물까지 글썽이겠는가."

토레논은 에일리아의 돌발적인 행동에 당황하면서도 연륜이 묻어나게 상황을 넘겼다.

"하하, 이거 저를 기다리시는 지도 모르고 제가 큰 실수를 저질렀군요."

룬이 달래는 투로 말하자 에일리아가 심술이 난 아이와 같은 표정을 풀었다. 그리고 어색한 웃음을 지어보였다.

허나 그녀의 표정은 이내 괴기할 정도로 이상하게 변해 버렸다. 한껏 울고, 냉정을 되찾은 그녀는 충동적으로 저질러 버린 자신의 행동에 몹시 후회를 한 것이다.

"자자, 다들 자리에 앉게나."

둘이 뻘줌하게 서 있자 토레논이 친히 둘의 팔을 잡으며 자리에 앉혔다.

그리고 종업원을 불러 오리고기를 비롯한 각종 안주와 맥주를 시켰다.

음식이 나오는 동안 셋 사이에 정적이 흘렀다.

룬은 에일리아의 돌발 행동에 당황해 하고 있었고 에일리아는 쥐구멍이라도 숨고 싶은 지 고개를 푹 숙이고 있었다.

토레논은 무슨 생각을 하고 있는지 심각한 얼굴을 하고 있었다.

잠시 후 주문한 음식이 나오자 셋을 약속이나 한 사람들처럼 음식에 손을 가져갔다.

그 모습에 룬이 작게 폭소를 터트렸다.

"정말 이 술 한잔으로 괜찮겠나. 원하는 게 있으면 말해 보게."

"술 한잔이면 충분합니다. 찐하게 한잔 하시죠."

룬이 술잔을 내밀자 토레논이 호탕하게 잔을 부딪쳤다.

에일리아가 여전히 고개를 숙이고 있자 토레논이 성을

냈다. 그제야 그녀는 고개를 들어 술잔을 내밀었다.

짠-. 세 명의 술잔이 부딪히며 경쾌한 소리를 냈다.

룬은 잔에 가득 담긴 맥주를 단숨에 마셨다.

룬만큼은 아니지만 토레논도 벌컥벌컥 맥주를 마셨다.

허나 에일리아는 잔을 입에 가져만 댈 뿐 조금도 마시지 않았다.

그러더니 돌연 자리에서 일어났다.

"저는 이만 가봐야 될 거 같아요."

"무슨 일이 있으십니까?"

"룬님이 무사한 걸 봤으니 됐어요. 전 이만 가볼게요."

하며 그녀는 거의 도망가듯이 술집을 벗어났다.

"이런. 급하신 일이 있으신 모양이군요."

룬은 그녀가 도망가듯 떠나는 이유를 짐작하면서도 내심 아무것도 모르는 것 마냥 말했다.

"저런 무례한. 허허, 내가 딸을 잘 못 키운 모양일세. 미안하게 됐네."

토레논도 룬과 마찬가지로 아무것도 모르는 마냥 말했다.

에일리아가 사라진 것을 본 토레논은 별일 아니라는 듯 가벼에 룬에게 질문을 던졌다.

"자네는 내 딸을 어찌 생각하나?"

"예? 그게 무슨…. 그야 검술에 대단히 재능이 있는 좋은 동료지요."

말을 하면서 룬은 정말 그러한지 스스로에게 반문해 보았다.

이전까지는 분명 그러하였다.

같은 교관을 모시고 있는 동료.

같은 검술 특기생.

토레논 공작의 딸.

허나 정말 그렇게 단순하게 정의할 수 있는 지 의문이 들었다.

"그런 뜻으로 묻는 게 아니라는 걸 알고 있지 않은가."

"그런 뜻이 아니라 하시면…?"

"아니 아닐세. 내 딸아이가 어떻게 평가 받고 있나 궁금한 못난 아비의 마음에서 비롯된 질문이니 신경 쓰지 말게. 다만 좋은 동료라는 그 마음은 끝까지 지켜주길 바라네."

"물론이죠."

뼈가 담긴 말이었으나 룬은 액면그대로만 받아들인 사람처럼 가볍게 대답했다.

토레논은 룬의 빈 술잔에 맥주를 따라 주었다. 그리고 건배를 하였다.

"자네를 보면 이상하게 옛 친구가 떠올라."

"전에 말했던 그 친구분을 말하시는 거군요."

"그래. 그래서 자네를 보면 친근하면서도 가슴 한켠이

괜스레 시리곤하네."

"그 친구 분을 많이 아끼셨던 모양입니다."

"리오도르를 제외한다면 거의 유일한 친구라고 할 수 있지. 이건 비밀이네만 사실 그 친구에게 내 딸아이를 소개시켜 주려 마음먹은 적도 있었지. 친구이지만 나랑은 나이차이가 제법 났었거든."

"아―. 그건 몰랐군요."

룬의 대답에 토레논이 이상한 얼굴을 하였다.

"자네가 모르는 거야 당연한 게 아닌가."

"아, 그게 그러니까…… 공작님께서 저를 너무도 그 친구 분과 동일시 하니, 제가 정말 그분이라도 된 것마냥 착각해서 한 말입니다."

"하하. 사람 하고는. 아무튼 오늘은 어지러운 정사는 잊고서 그 친구를 만났을 때처럼 마음편이 마시고 싶구만."

토레논이 술잔을 내밀었다.

"저 또한 오늘은 일국의 대공이 아니라 한 명의 친근한 선배로 대하겠습니다."

룬이 토레논에 내민 술잔에 건배를 하였다.

잭스는 죽었다.

하지만 서로 맞댄 술잔처럼 룬과 토레논의 인연은 다시 이어졌다.

연회장에서의 일로 중단된 아카데미 일정동안 룬은 수련을 하며 시간을 보냈다.

주로 수련한 것은 자연의 마나를 다스리는 것인데 생각만큼 잘 되지는 않았다.

인간이 태어나 시간이 지나면 자연스레 사지를 쓸 수 있는 것처럼, 자연의 마나도 사용하는 데는 어려움이 없었으나 연습한다고 더 자유자재로 사용 가능하거나 한 것은 아니었다.

룬은 오늘도 수련을 마치고 기숙사로 돌아오는데 낯선 사내가 기숙사 앞에서 기다리고 있는 것이 보였다.

"누구십니까?"

"둘이 조용히 얘기를 나누고 싶군요. 따라 오시죠."

"조용히 얘기만 할 거라면 굳이 다른 곳으로 갈 필요가 있겠습니까. 안으로 들어오시지요."

룬이 기숙사 안으로 들어가자 사내가 뒤따라왔다.

"무슨 일로 오신 겁니까?"

룬은 테이블에 앉자 사내를 훑으며 말했다.

사내는 황금색으로 된 제복 비슷한 옷을 입고 있었는데 외형만으로는 어디에 소속된 사람인지 알기 어려웠다.

"제 소개부터 하죠. 저는 일왕자님을 모시고 있는 데카부네라고 합니다."

데카부네.

들어본 적이 없는 이름이었다.

더욱이 일왕자 옆에 이러한 사람이 있다는 것 또한 금시 초문이었다.

"그때 일왕자님 옆에서 얘기를 엿듣고 계셨던 분이 당신인 모양이군요."

데카부네가 흠칫 거렸다.

"놀라실 것 없습니다. 그렇게 기척을 대놓고 드러내고 있는 데 모르는 게 이상한 일이죠."

대수롭지 않게 말하고 있으나 데카부네는 상당히 놀라고 있었다.

룬의 말처럼 방심을 한 것은 사실이었다. 허나 아무리 그렇다고 하더라도 웬만한 감각이 아니고서야 벽 뒤에 있는 사람의 기척을 파악하기란 쉽지 않은 일이었다.

"제가 누군지 아신다니 얘기하기가 편하겠군요."

데카부네는 기척을 흘린 자신의 실수를 책망하면서도 겉으로는 아무렇지도 않은 척 하였다.

"얼마 후에 제국에서 사절단이 올 겁니다."

"친분을 다지고자 오는 건 아닐 테고. 아마 본격적으로 수작을 부리려는 의도겠군요."

"예. 해서 왕자님께서는 룬님이 그들 곁을 주시하시길 원하십니다."

"어떻게 말입니까?"

"사절단이 오면 그들을 안내할 사람으로 룬님이 지명 될 겁니다."

"안내자 노릇을 하면서 옆에서 지켜보란 말이군요. 미 안하지만 저는 그 일에 더는 끼어들고 싶지 않습니다. 제 가 왕자님을 찾아가 그 일을 말씀 드린 건 주도적으로 돕 겠다는 의미가 아니라 제가 아는 걸 최소한 말은 해드려야 한다고 생각했기 때문입니다. 그러니 이 일은 다른 사람에 게 맡기십시오."

룬이 일언지하에 거절하자 데카부네가 곤란한 얼굴을 하였다.

"이번 일을 해주신다면 보상이 따를 겁니다."

"보상? 무슨 보상 말입니까. 돈? 명예? 권력? 미안하지 만 저는 그런 것들에는 관심이 없습니다."

데카부네는 생각보다 룬의 마음을 움직이는 것이 쉽지 않을 것이라 생각했다. 원하는 것이 없는 자만큼 움직이기 힘든 사람은 없었다.

데카부네는 방법을 달리하기로 했다.

"사절단과 함께 한다면 국왕전하를 알현할 수도 있으십 니다."

"그렇다면 더더욱 할 이유가 없겠군요. 저는 그런 부담 스러운 자리는 딱 질색이거든요."

"제국에서 손꼽히는 검사들도 온다고 합니다. 검을 든

전 대륙의 검사들이 마다하지 않고 보고 싶어 하는 자들입니다. 이번 일을 하신다면 그들의 검술 경연은 물론 대련을 하는 자리도 마련 될 겁니다."

"그런 검사라면 왕국에도 없는 건 아니죠."

당장에 리오도르만 하더라도 제국에 전혀 밀리지 않는 최고의 검사 중 한 명이었다.

"물론입니다. 허나 이번에 누가 오는 지 아신다면 그리 쉽게 말씀하지는 못하실 겁니다."

"대체 누가 오는 데 그리 자신하는 겁니까?"

"아틀란드님께서도 오신다 하십니다."

"아틀란드…."

그 이름 넉자를 듣자 룬은 머리가 쿵 하고 흔들거렸다.

아틀란드는 확실히 제국 뿐만 아니라 전 대륙을 넘나드는 이름 있는 검사였다.

허나 룬에게는 자신을 죽인 복수에 대상에 지나지 않았다.

데카부네는 룬이 반응을 보이는 것 같자 쐐기를 박으려는 듯 재차 말을 이었다.

"청을 받아들이시면 그분이 친히 하는 검술경연을 보실 수도 있고 원하시면 그분과 대련을 벌일 수도 있을 겁니다."

룬은 턱을 살짝 들며 생각에 잠겼다.

"대련이라…."

룬은 아틀란드와 대련을 떠올리자 저도 모르게 살의가 치밀어 올랐다.

허나 인내심을 발휘해 가까스로 살의를 억눌렀다.

그 모습을 데카부네는 결의를 다짐하는 것으로 생각하였다.

"좋습니다. 그 일은 제가 맡도록 하죠."

"감사합니다."

데카부네가 고개를 숙이며 감사의 뜻을 표했다.

"그리고 이건 사절단에 대한 정보를 모아둔 겁니다."

데카부네가 종이뭉치를 꺼내 탁자 앞에 올려 놓았다.

얼마나 많은 사람이 오는 건지는 모르겠지만 거의 손톱 길이만큼이나 두꺼웠다.

"이걸 다 읽으라는 말입니까?"

"도움이 될것입니다"

룬은 못마땅해 하며 종이뭉치를 들었다. 그리고 읽는건지 마는건지 모를 정도로 빠르게 장을 넘겼다.

몇 장 넘기던 룬은 종이뭉치를 다시 테이블 위로 던졌다.

"누구나 알 수 있는 이런 정보를 모아둔 게 정말 도움이 될 거라 생각하시는 겁니까?"

"객관적인 것을 종합해보면 정황이 드러나는 법입니다."

"그 정황은 누구나 알만한 뻔 한 것들이겠죠. 뭐, 좋습니다. 기왕 하기로 마음먹었으니 두고가십시오."

"사절단은 일주일 후에 올겁니다. 그때까지 많은 준비를 해 놓으시길 바랍니다."

하며 데카부네가 기숙사를 벗어났다.

그가 사라지자 룬은 억눌렀던 살의를 몸 밖으로 표출해 내었다.

룬의 두 눈은 어느새 활화산처럼 활활 불타오르고 있었다.

NEO FUSION FANTASY STORY & ADVANTURE

제 3 장

제국의 사절단

제 3 장
제국의 사절단

왕이 앉아 있는 옥좌 양 옆으로 대소신료들이 줄을 지어
있었다.

"전하. 사절단이 도착했사옵니다."

병사의 말에 왕이 옥좌에서 일어났다.

끼이익—

거대한 문이 열리며 사절단이 모습을 드러내었다.

족히 수십은 되는 인원이었으나 왕궁은 그들을 수용할
만큼 충분히 넓었다.

"먼 길 오시느라 수고하셨습니다. 오시는 데 불편함은
없었습니까."

"길이 개척되지 않아 생각보다 마차가 덜컹 거리더군요.

하긴, 이런 소국이야 길을 닦아 놓을 필요가 없으니 그렇겠지만요."

말을 받은 건 사절단 제일 중심에 서 있는 여인이었다.

순백의 드레스를 입고 그 여인은 제국의 두 번째 공주로 머리가 명석하고 재색을 겸비했지만 성정이 곱지 못해 늘 악소문을 남기고 다녔다.

"길이 불편한 것은 미처 생각하지 못했군요. 연회를 마련해 놓았으니 우선 연회장으로 가시지요."

"이곳까지 오느라 옷은 먼지와 땀에 범벅이 되었어요. 이 꼴로 연회를 참석하란 말인가요?"

"목욕을 할 수 있도록 조취를 취해드리겠습니다. 필요하시다면 옷들도 제공해 드리지요."

"흥. 됐어요. 이런 소국의 옷들이 제 안목에 찰 것 같지는 않군요. 그래도 목욕은 해야겠어요."

일국의 왕이 직접 사절단을 맞이한다는 것 만해도 엄청난 예를 갖춘 것이었다.

허나 그녀는 그런 것 따위는 전혀 신경 쓰지 않았다.

그녀에게 예를 받는 건 너무나 당연한 일이었다.

설령 그것이 일국의 왕이라 해도 다를 바가 없었다.

황제, 그리고 황자와 공주들을 제외하고는 모두 발 아래 두는 그녀였다.

"이분들이 목욕을 할 수 있도록 준비해 두거라. 연회는 그 후에 치러질 것이다."

일국의 왕이 모든 들어주겠다는 듯 예를 갖춤에도 뭐가 불만인지 그녀는 연신 콧방귀를 끼어 댔다.

그녀의 안하무인적인 태도에 이곳에 모인 대소신료들은 분노를 금치 못했다.

비록 제국에 비하면 소국이기는 하나 일국의 왕을 신하 부리듯 대하는 태도를 보며 어찌 분노하지 않을 수 있겠는가.

허나 그 일을 직접 격고 있는 왕이 물 흐르듯 넘기고 있어 감히 나서고 있지 못할 뿐이었다.

반면 공주의 태도에 상관없이 분노로 물들어 있는 한 사람이 있었다.

그의 시선은 어깨가 떡 벌어진 중년의 검사의 얼굴에 고정 되어 있었다.

'아틀란드…'

룬은 여태껏 불필요한 감정을 억누그려 애를 썼다. 분노, 증오, 복수심과 같은 마음은 오래 품어 좋을 게 없었기 때문이다.

허나 아틀란드의 얼굴을 직접 대면하고 있자니 쉬이 감정 조절이 되지 않았다.

다행이라면 대소신료들의 분노에 가려져 그러한 룬의 태도가 드러나지 않았다는 점이었다.

목욕에 들어간 제국의 공주는 한 시간이 돼서야 물에서 나왔고 다시 옷을 갈아 입는데만 한 시간을 소비했다.

때문에 연회는 예정보다 두어시간이나 늦게 치러졌다.

연회에는 궁중 악사들, 기녀, 광대들이 가진 재주를 부리며 흥을 돋구었다.

대소신료들도 어느새 분노를 가라앉히고 연회를 즐기기 시작했다.

헌데 아직까지도 뭐가 불만인지 제국의 공주는 개구리마냥 볼이 부풀어 올라 있었다.

"저를 위해 특별히 준비한 연회라 하여 기대했더니 그냥 어디서나 볼 법한 평범한 연회군요."

하며 그녀는 앞에 차려진 음식을 입에 집어 넣었다.

"음식은 또 너무 짜고 비리고 맵고, 조리를 어떻게 한 건지 모르겠군요."

"음식을 물리라 할까요?"

공주의 투덜거림을 받은 건 데이미안이었다.

국왕은 사절단을 환대하는 것을 끝으로 더 이상 모습을 드러내지 않았다.

"흥. 됐어요."

"알겠습니다."

데이미안이 다시 무뚝뚝하게 대답했다.

공주는 그런 데이미안의 태도를 보며 왠지 모르게 부아

가 치밀었다.

만약 왕처럼 그녀의 비위를 조금이라도 맞춰주는 달콤한 말을 했다면 그녀의 심술은 일찍이 풀렸을 것이다.

허나 데이미안의 목석같은 태도가 그녀의 기분을 계속 좋지 못하게 만들었다.

"지루하군요. 뭐 재미있는 거 없나요."

"잠시후에 검술경연과 대련이 준비되어 있습니다."

그 말에 공주가 조금은 호기심이 가는 듯 눈빛을 빛냈다.

"검술경연은 됐고 대련을 보고 싶군요. 지금 당장 이 지루한 걸 끝내고 대련을 하는 게 좋겠어요."

데이미안이 공주의 얼굴을 보지도 않은 채 고개를 끄덕였다. 그리고 손을 살짝 들어 뒤에 서있는 룬에게 손짓을 했다.

룬이 데이미안 곁으로 바싹 다가왔다.

"곧 대련이 펼쳐질 것이다. 준비를 해두거라."

"알겠습니다."

"그리고 잊지 마라. 네가 이곳에 있는 건 대련을 하기 위함이 아니란 것을."

"예."

룬이 다시 데이미안 뒤로 물러났다.

"그만!"

데이미안이 손을 들며 크게 외쳤다.

잔잔히 흘러가던 음악과, 광대들의 놀이가 순식간에 뚝 끊겼다.

"제국의 공주님께서 친히 원하시는 바, 지금 당장 검술 대련에 들어갈 겁니다."

그 말에 장내가 조금 술렁거렸다. 허나 그들도 내심 이 연회가 조금 지루해 지려하고 있던 찰나인지라 데이미안 의 말이 반갑게 느껴졌다.

데이미안의 말에 악사와 광대들이 믿을 수 없는 속도로 장내를 벗어났다.

그런 움직임만 봐도 그들이 얼마나 훈련이 잘 되어 있는 꾼들인지 알 수 있었다.

다만 공주는 심술이 나 있었기에 그들의 재주가 얼마나 뛰어난들 만족하지 못했을 터였다.

꾼들로 채워졌던 연회장이 텅 비자 그 사이로 아틀란드 가 느릿하게 걸어 나왔다.

뒤 이어 룬이 그의 앞에 섰다.

그를 보며 공주가 이맛살을 찌푸렸다.

"저자는 누구죠? 보아하니 젊은 자 같은데 저자가 아틀 란드님의 상대가 될 수 있을까요. 듣자하니 왕국에는 제법 토레논 공작님이나 리오도르님같은 쓸만한 검사가 있다고 하던데, 그들은 오지 않은 건가요?"

"토레논 공작님은 바쁘십니다. 그리고 리오도르님은 이런 자리를 싫어하십니다."

있는 사실을 그대로 말한 거지만 이 역시 공주의 심기를 건드리는 말이었다.

"흥. 아틀란드님에게 패할 것을 걱정한 것은 아니고요?"

"저 자는 그래플아카데미의 검술특기생입니다. 대련의 취지는 제국의 뛰어난 검사가 아직 여물지 않은 검사를 지도편달해 주는 데에 있습니다. 그러니 그분들이 나오는 건 취지에 맞지 않는 것입니다."

그 말은 조금 마음에 들었다. 어찌됐던 제국에서 왕국에게 가르침을 내려주는 것이니 말이다.

한편 연회장 중심으로 내려간 룬은 아틀란드를 이글거리는 눈으로 응시하고 있었다.

아틀란드는 그 눈빛을 정면으로 받아냈다.

"우리 언제 본적이 있던가?"

룬이 고개를 끄덕였다.

"자네 눈을 보니 좋은 인연은 아니었던 모양이군."

하며 그는 조금 더 앞으로 나아갔다.

"우리가 어떻게 만났었든 난 이 대련을 오래 끌 마음이 없네. 혹여 이 대련을 통해 무언가를 바랐다면 괜한 기대는 말게."

"사람들 앞에서 광대처럼 검을 휘두르는 것이 싫다는 겁니까?"

"부인하지 않겠네."

"그럼 이렇게 하는 건 어떻습니까. 대련이 아닌 대결을 벌이는 겁니다."

아틀란드가 고개를 들어 룬을 응시했다.

"대련과 대결의 차이를 알고 말하는 것인가? 대결을 검사의 명예, 즉 목숨을 내놓고 하는 것이네."

"물론입니다. 저 또한 사람들의 유희를 위해 검을 휘두르는 것은 좋아하지 않습니다."

순간 아틀란드가 살기를 일으키며 룬을 노려보았다.

룬은 머리털이 쭈뼛쭈뼛 서는 기분이었다.

허나 아틀란드의 눈빛을 피하지 않고 그대로 받아쳤다.

오히려 기세를 피어올리며 아틀란드의 살기를 물리쳤다.

"좋은 눈빛이군."

챙-

아틀란드가 검을 뽑아 룬에게 겨누었다.

대련을 담당하고 있던 담당관이 놀라 그에게 달려갔다.

"이것은 대련입니다. 진검이 아닌 대련용 검을 사용하셔야 합니다."

라고 말하려 하는 순간 아틀란드가 장내에 있는 모두가

들을 수 있는 큰소리로 말을 했다.

"나 아틀란드. 그대와 정식으로 대결을 원하는 바이다!"

아틀란드에게 달려가던 담당자는 눈이 튀어나올 지경이
었다.

그런데 더 황당한 건 대결을 받은 룬이 기다렸다는 듯이
검을 뽑아 아틀란드에게 겨누었다는 것이다.

"나 룬, 검사로써 명예를 걸고 그대와 대결에 임하겠
소!"

룬이 말이 끝나자 장내가 웅성웅성 거렸다.

검술 대련이 있다는 건 일정을 통해 알고 있었다.

헌데 뜬금없이 정식 대결이라니.

정식 대결이 무엇인가.

검사로써 서로의 명예를 걸고, 목숨을 걸고 싸우겠다는
것이 아닌가.

흥을 돋우기 위한 취지와는 맞지 않는 것이었다.

"뭔가 차질이 있는 모양이군요."

룬과 아틀란드를 지켜보던 데이미안이 일어서며 말했
다.

"아니요. 오히려 이게 더 재미있겠어요. 대련은 끝을 알
고 있는 연극처럼 재미가 없죠. 차라리 잘 됐어요. 이대로
진행하세요."

"음."

데이미안이 곤란한 기색을 내비쳤다.

한명은 제국 최고의 검수였고, 다른 한명은 이제 갓 아카데미에 입학한 새내기 검사였다.

아무리 그 새내기가 리오도르의 검술특기생이라도 결과는 너무도 명약관화한 일이었다.

"젊은 검사의 미래가 달린 일일 수도 있습니다. 잠시의 유흥을 위해 그리할 수는 없습니다."

하며 데이미안은 자리에서 내려와 룬이 있는 곳으로 향했다.

공주가 노발대발하며 뭐라 말을 했지만 데이미안은 듣지 못한 것인지 그녀의 말을 깨끗이 무시했다.

데이미안은 아틀란드에게 다가가더니 공손하게 말을 건넸다.

"뭔가 차질이 있었던 것 같습니다. 이번 순서는 대결이 아니라, 아틀란드님께서 왕국의 아카데미학생에게 검술을 지도편달해주고자 하는 취지의 대련입니다."

"그건 저도 알고 있습니다. 오해를 하신 모양인데 대결을 원한 건 제가 아닙니다."

아틀란드가 룬에게 눈짓했고 데이미안의 시선도 자연스레 그를 따라갔다.

룬은 아틀란드의 말에 동조하며 고개를 끄덕였다.

"저는 정식으로 대결을 청했고 이자 또한 정식으로 응

했습니다. 누가 원해서 시작했든 아무리 데이미안님이 일국의 왕자라 하더라도 정식으로 체결된 대결은 막을 수가 없습니다."

"흐음."

아틀란드의 말에 데이미안이 낮게 신음했다. 그러면서 어째서 일을 이렇게 크게 벌린 것이냐 책망하듯 룬을 흘겨보았다.

룬은 그런 데이미안의 심경을 모르는 건지 덤덤하게 말을 이었다.

"그건 아틀란드님의 말이 맞습니다. 기왕지사 이렇게 된 거 어쩌겠습니까. 왕자님께서는 그저 편하게 대결을 지켜봐주십시오."

둘이 이렇게 나오니 데이미안도 어쩔 수 없는 노릇이었다.

그는 자리에서 내려온 소기의 목적을 달성하지 못한 채 원래 있던 곳으로 돌아갔다.

자리에 돌아가자 공주가 데이미안은 째려 보았으나 데이미안은 그런 공주의 시선 따위는 아랑곳 하지 않고 연회장만을 내려다보았다.

"먼저 공격하시오."

데이미안이 사라지자 아틀란드가 검을 다시 룬에게 겨누며 말했다.

"사양하지 않겠습니다."

하며 룬이 단숨에 아틀란드를 향해 쇄도했다.

상황이 상황인 만큼 룬에게는 많은 제약이 따랐다. 마법을 사용할 수도 없었고 윈드워크같은 체술을 제외한 마나술 또한 사용할 수 없었다.

그나마 패시브 마법은 티가 나지 않기에 사용할 수 있으나 대결에 지대한 영향을 미치는 정도는 아니었다.

'상황이 여러모로 내게 좋지 않다. 허나 이런 제약도 극복하지 못한다면 사부의 복수는 어림도 없는 일이다.'

그렇게 생각하며 룬은 대결에 집중했다.

룬이 원하는 복수는 이런 것이었다. 절대적인 힘으로, 상대가 누구든, 어떤 제약이 있든, 상대를 굴복시키는 것.

룬의 도약은 제법 매서웠다. 마나의 길이 넓어짐에 따라 마나의 운용이 더욱 뛰어나졌고 거기에 패시브 마법까지 부리니 움직임 자체는 뛰어난 검사에 뒤지지 않았다.

룬은 쇄도하며 아틀란드의 왼쪽 허리춤을 찔러갔다.

아틀란드가 쳐내듯 룬의 검을 때리자, 검을 들고 있던 룬의 오른손이 바닥으로 쑥 꺼졌다.

룬은 오른손을 바닥에 짚으며 옆으로 공중 돌기를 하였다.

그와 동시에 바닥을 쓸 듯 검을 휘둘렀다.

아틀란드가 왼발과 오른발을 거의 동시에 공중에 띄우

며 룬의 공격을 무마시켰다.

룬은 무너졌던 중심을 일으키며 아틀란드의 하복부를 향해 검을 베어갔다.

아틀란드가 검을 일자로 세워 룬의 공격을 막았다.

합.

그리고 기합성과 함께 룬의 검을 밀쳐냈다.

룬은 압도적인 힘에 중심을 잃고 뒤로 밀려났다.

아틀란드가 틈을 노리지 않고 룬의 어깨쭉지를 향해 검을 찔러왔다.

룬은 중심이 무너진 것이라고는 믿을 수 없을 정도로 재빠르게 상체를 숙였다.

홍-

아틀란드의 검이 허공을 갈랐다.

허나 아틀란드의 검이 그 자리에서 곧바로 수직하강했다.

맞았다가는 어깨가 그대로 잘릴 터였다. 아틀란드에게는 아무리 룬이 새내기라 하더라도 손에 사정을 둘 마음이 전혀 없어 보였다.

룬은 검을 눕혀 어깨 위에 올려놓았다.

챙

아틀란드의 검을 룬의 검에 막혀 원래의 목표를 베지 못했다.

허나 그 힘에 짓눌려 룬은 왼쪽 무릎을 바닥에 꿇어야했다.

룬이 힘으로 검을 밀치려 했으나 천근을 매단 듯 꼼짝도 할 수 없었다.

"감각적이고 좋은 움직임이군. 허나 기초가 없는 검술은 시간이 지날수록 바람에 흩날리는 모래성처럼 무너지기 마련이지."

아틀란드는 여전히 룬의 어깨에 검을 내리 누르고 있었다.

"당신에게 충고 따위를 듣고 싶지는 않소."

끼이익-

어느새 룬의 검에서 균열이 일어나고 있었다.

룬은 아틀란드의 힘을 밀어내기 보다는 오히려 상체를 아래로 쑥 꺼트렸다.

동시에 오른발에 힘을 주자 룬의 상체가 ㄱ자로 꺾였다.

그와 동시에 아틀란드의 검에 미끄러지듯 룬의 어깨를 타고 내려갔다.

서걱-

그 과정에서 룬의 어깨 끝쪽이 살짝 베었다. 하지만 어깨가 날아간 것에 비하면 아주 경미한 부상에 지나지 않았다.

허나 아틀란드의 공세는 이것으로 끝이 아니었다.

아틀란드의 검이 어느새 룬의 복부를 향해 날아오고 있

었다.

룬이 크게 돌며 아틀란드의 검을 피했다.

후웅–

아틀란드의 검이 어찌나 빠르고 매서웠던지 바람이 일며 룬의 옷을 펄럭였다.

아틀란드는 그대로 검을 베는 동시에 위에서 아래로 내리긋는 연계공격을 하였다.

룬은 베는 것은 피하고 내리긋는 공격은 막아섰다.

막음과 동시에 발길질을 하였다.

아틀란드가 발에 맞아 뒤로 밀려났다.

두 세걸음 뒤로 밀려난 아틀란드의 얼굴에는 공격을 당했음에도 오히려 잔잔한 미소가 걸려 있었다.

"과연, 좋은 감각이다. 나에게 대결을 청할만한 충분한 자격이 있어."

하며 아틀란드가 양 다리를 벌리고 오른손을 뒤로 빼내었다. 그리고 먹잇감을 노리는 독수리마냥 날카로운 눈으로 룬을 응시했다.

"이제까지의 공격과는 확연히 다를 것이야. 지금이라도 물러난다면 사정을 봐주겠네. 허나 계속하겠다면 검사로써 미래를 장담할 수 없을 것이야."

룬은 대답대신 검을 고쳐 잡고는 아틀란드를 향해 겨누었다.

룬의 대답이 마음에 드는지 아틀란드의 얼굴에 더욱 미소가 번졌다.

"하압."

아틀란드가 기합성을 내지르며 룬에게 달려들었다.

후웅—.

그 움직임이 어찌나 빠른지 중인들의 눈에는 바람이 이는 소리만 들릴 뿐이었다.

아틀란드의 공세는 굉장히 거셌다. 허나 룬도 쉬이 무너지지는 않았다.

비록 룬의 몸에서 나온 선혈들로 바닥에 엉망이 됐지만 치명타를 내주지는 않았다.

중인들은 넋을 잃고 둘의 대결을 지켜보았다.

실력이 있는 자들은 아틀란드의 빠르고 정교한, 그러면서도 힘이 있는 검술에 매료 되었고, 또 공세 속에서도 아직 버티고 있는 룬에게도 경외감을 표했다.

실력이 없는 자들은 뭔지는 모르겠지만 그래서 더 정신을 차릴 수 없이 대결에 매료되었다.

그들 중에는 제국의 공주도 포함되어 있었다.

그녀의 얼굴에는 도도함은 온데간데없고 입을 벌린 채 대결에 집중하고 있었다.

실력 있는 자들의 검술대련은 자주 봐온 편이지만 실전을 방불케 하는 대결은 그녀로써도 처음 접하는 것이었다.

그리고 검 한수에 목숨이 오가는 살 떨리는 대결은 그녀를 매료시키기에 충분했다.

"정말 엄청나군요."

말을 하면서도 그녀는 둘의 대결에 시선을 떼지 못하고 있었다.

대결은 여전히 치열하게 진행되고 있었다. 비록 바닥을 적시고 있는 대부분의 피가 룬에 의한 것이라지만 승부는 아직 결정되지 않고 있었다.

"후우후우―."

룬은 불편한 날숨을 간헐적으로 내쉬었다.

"계속 하겠는가?"

룬은 망설임 없이 고개를 끄덕였다.

"자네가 보여준 검술은 훌륭했네. 이만 하는 게 어떻겠나?"

아틀란드의 말에도 룬의 눈에는 여전히 투기가 불타올랐다.

아틀란드가 고개를 내저었다.

"자네의 뜻이 정 그렇다면 어쩔 수 없지. 나를 원망하지 말게나."

아틀란드가 다시 자세를 잡았다.

"다시 격전을 벌이려 하는 모양이네요."

대결을 지켜보던 공주가 반색을 하였다.

허나 이내 초조한 얼굴을 하였다.

룬에게 난 상처들이 눈에 들어 온 것이다.

"그런데 만약 이렇게 대결을 벌이다 검에 맞게 되면 어떻게 되는 건가요?"

너무나 일차원적인 질문이었다.

"어디에 맞느냐에 따라 다르겠죠. 급소를 맞는 다면 즉사할 것이고 근육이나 인대가 다치면 검사로써 생명은 끝이겠죠."

"그럼 다시는 저런 멋진 대결을 할 수 없을 수도 있다는 말이네요."

공주가 손톱을 물어뜯으며 초조한 기색을 내비쳤다.

"안 되겠어요. 지금 당장 대결을 멈추게 하세요."

"검사의 대결은 승패가 갈리기 전까지는 누구도 막아설 수 없습니다."

"그런 게 어디 있어요. 이러다가 정말 누가 죽을 수도 있는데."

"죄송하지만 저는 저들의 싸움을 막을 수 없습니다."

"쳇. 멍청한 왕자같으니라고."

하며 그녀는 자리에서 박차고 일어났다.

"싸움을 멈추세요."

그녀의 외침은 룬과 아틀란드에게 닿기에 충분할 정도로 컸다.

아틀란드가 느릿하게 시선을 돌려 공주를 보았다.

공주가 사납게 아틀란드를 노려보고 있었다.

"아무래도 대결은 이걸로 끝내야 되겠군."

아틀란드가 룬의 반응을 살폈다.

"공주의 명이 검사로써의 명예보다 소중한 겁니까?"

"그래. 비난해도 상관없네. 허나 대결은 이만 멈춰야겠네."

아틀란드의 말에도 룬은 그럴 생각이 없어보였다.

"자네는 그걸 원치 않는 눈치군. 그럼 이 승부 나의 패배로 하지."

그 말에 룬이 아틀란드를 사납게 노려보았다.

"왜 그러나, 자네가 그토록 원하던 승리가 아닌가?"

하며 아틀란드는 검집에 검을 놓은 뒤 두 손을 머리 위로 올리며 항복에 의사를 표했다.

룬은 분한 듯 아틀란드를 노려보았다.

"이런 승리 따위는 필요 없습니다."

룬이 신경질적으로 검을 검집에 집어넣었다. 그리고 예도 갖추지 않은 채 자리를 벗어났다.

룬은 몸에 난 잔 상처들이 제법 깊었던지 걷는데 불편함이 있어 보였다.

이를 보던 공주가 친히 자리에서 내려와 룬을 부축하고 나섰다.

룬은 자신을 부축하는 사람이 누군지 모르는 것인지 그
손을 매몰차게 뿌리쳤다.

"당신의 도움은 필요 없소."

"이런 무례한…."

하지만 그녀의 말이 채 끝나기도 전에 룬은 다시 자리를
벗어나고 있었다.

공주는 당장 뺨이라도 날릴 듯 눈을 부라렸지만 어째서
인지 멀어져 가는 룬을 그저 지켜보고만 있었다.

룬은 불편한 몸을 이끌고 왕실 쉼터로 들어갔다. 그리고
피도 닦지 않은 채 간이침대에 누웠다.

"젠장."

유렌과의 결전 이후로 실력에 자신감이 있었다. 검술만
으로도 충분히 아틀란드를 이길 수 있을 거라 생각했다.
하지만 그건 자만에 지나지 않았다.

"쿨럭-."

입에서 선혈이 나와 침대를 적셨다. 침대시트가 어느새
새빨갛게 물들었다. 하지만 룬은 그런 것 따위는 신경도
쓰지 않았다.

그때 문이 열리며 누군가 들어왔다. 신디아였다.

룬은 누가 들어오는지도 보지 않은 채 여전히 침대에 누
워 있었다.

"저에요."

"······."

들려오는 대답은 없었다.

"상처가 심한 것 같아 좀 보러 왔어요."

룬은 여전히 아무런 반응이 없었다.

"일어나 보세요. 우선 소독부터 해야겠어요."

"지금은 혼자 있고 싶습니다."

"출혈이 심해요."

"제발 좀······."

룬이 버럭 소리를 질렀다. 평소답지 않은 모습이었다. 신디아는 당황한 듯 입만 벙긋 거렸다. 그렇다고 쉬이 물러나지는 않았다.

"대체 왜 그러시는 거예요? 설마 대결이 그렇게 무산된 것 때문에 그러시는 건가요?"

대답은 없었지만 그런 눈치였다.

신디아가 이해할 수 없다는 얼굴을 하였다.

"상대는 제국에서도 손꼽히는 검사에요. 그런 자와 호각을 다투었다는 것만해도 대단한 영광이에요. 솔직히 전 그 대결을 보면서 룬님을 다시보게 될 정도였다고요. 그런데 그렇게 나라가 망한 사람처럼 있는 게 저는 솔직히 이해가 되질 않네요."

룬은 입에 재갈이라도 문 듯 계속 신디아의 말에 대답을 하지 않았다.

"마음대로 하세요. 저 또한 이대로는 못가겠어요. 저는
룬님을 꼭 치료해야겠어요."

하며 신디아가 룬의 곁으로 다가왔다. 그리고 상처가 난
부위들을 소독한 다음 준비해 온 치료약을 발랐다.

그녀의 손길이 지날 때 마다 극심한 통증이 지나갔으나
룬은 신음 한 번 흘리지 않았다.

치료약까지 바른 신디아는 붕대를 메기 위해 룬에게 더
욱 바싹 다가갔다.

허나 룬이 누워있기 때문에 여의치가 않았다. 신디아는
거의 안 듯이 룬의 상체를 손으로 올린다음 붕대를 메었다.

그때였다.

닫혔던 문이 다시 열리며 누군가가 안으로 들어왔다.

"아-. 이자벨리…. 아니 신디아님께서 이곳엔 어쩐 일
로."

그녀의 눈에 룬을 거의 안다 시피하고 있는 신디아의 모
습이 들어왔다.

"에일리아…… 너도 왔구나. 상처가 제법 많은 것 같아
치료를 하러 왔어."

"그렇구나, 아니 그렇군요."

에일리아는 무엇이 그리 놀랐는지 어안이 벙벙한 모습
이었다.

"그런데…."

에일리아가 말끝을 흐리며 룬을 힐끔 거렸다.

"괜찮아."

신디아가 자리에서 일어나더니 에일리아의 귓전에 대고 작게 말을 했다.

'룬님은 나에 대해 다 알고 있어.'

"아―."

"좀 도와줘. 뭐가 그리 불만인지 영 협조를 안 해주네."

신디아가 누워있는 룬에게 손짓했다.

그 말을 들은 건지 룬이 마침내 상체를 일으켰다.

"그냥 제가 하겠습니다."

하며 룬이 메다만 붕대를 마무리하였다.

"저는 이만 나가보겠습니다. 저는 정말 괜찮으니 신경 쓰지 마십시오."

룬은 대답도 듣지 않은 채 자리를 빠져나갔다.

신디아는 에일리아가 와서 인지 룬을 따라나서지 않았다.

에일리아는 뭐가 그리 놀랐는지 계속 어안이 벙벙한 얼굴을 하고 있었다.

"왜 그래? 너야말로 무슨 일이 있는 거야?"

신디아가 말하자 그제야 정신이 드는지 에일리아의 눈빛이 조금 살아났다.

"아무것도 아니야. 그런데 여긴 어쩐 일이야?"

"그냥 걱정이 돼서."

"왕궁에 있는 걸 다른 이들에게 들키면 어떻게 하려고?"

"면사로 가리고 행동하면 돼. 그건 그렇고, 그러는 너야 말로 이곳엔 어쩐 일이야."

"나야 뭐⋯."

"너도 룬님이 걱정돼서 온 거구나?"

"어, 어. 그때의 일도 있고 해서. 그냥 지나치기가 좀 그렇더라고."

에일리아가 말을 더듬었다.

"있지."

에일리아가 조심스럽게 운을 띠었다.

"⋯⋯?"

"왜 저번에 좋아하는 사람이 생긴 것 같다고 했잖아."

"어."

"혹시 그게⋯. 아 아니다."

"왜? 무슨 일인데?"

"아무것도 아니야. 자리를 너무 오래 비웠네. 이만 가봐야겠어."

에일리아의 얼굴에 좋지 못한 기색이 있었으나 신디아로써는 왜 그런지 알 수 없는 것이었다.

❖

　룬은 불편한 몸을 이끌고 복도를 걸어갔다. 목적지는 없었다. 그저 아무도 없는 곳이 필요할 뿐이었다.

　그런데 오늘은 정말이지 룬이 원하는 건 하나도 들어 주지 않을 날인 모양이었다.

　룬 앞에 낯선 여인이 나타나 길을 막아섰던 것이다.

　룬이 못본 척 지나치려 하자 대 놓고 룬의 경로를 막아섰다.

　"미안하지만 나는 지금 누구도 만나고 싶지 않습니다."

　"이걸 받으세요."

　여인이 내민 건 질 좋은 천으로 쌓여진 물건이었다.

　"치료약이에요. 공주님이 주라고 하셨죠."

　"필요없습니다."

　"그래도 받으세요. 그래야 제 마음도 편할 거 같아요."

　"당신이 뭔데…."

　고개를 들어 그녀의 얼굴을 본 순간 룬은 말을 잇지 못했다.

　낯설지만 어디서 본 듯 친숙한 얼굴이었다. 그러고 보니 그녀의 목소리 또한 굉장히 낯이 익었다.

　"서운한데요. 얼굴이 바뀌었다고 저를 못 알아 보시다니."

"설마 너……."

"예. 맞아요. 스엣이에요."

스엣이 룬의 손을 붙잡고 인적이 없는 곳으로 끌고 갔다.

"어떻게 된 거야? 그 얼굴은 또 뭐고?"

"우선 치료부터 더 하고요."

스엣은 대충 동여매어진 붕대를 풀고 공주가 내린 치료약을 덧발랐다. 그리고 붕대를 다시 감았다. 그러면서 말을 했다.

"이게 원래의 제 얼굴이에요. 그 동안에는 인면피와 마법을 이용해 얼굴을 변형 시키고 있었죠. 한번 얼굴을 변형시키면 시간이 지날때까지는 원래의 얼굴로 돌아오지 못해 그때는 제 얼굴을 보여드리지 못했었어요."

어느새 붕대까지 다 감고 넝마가 된 옷 위로 새 옷을 걸쳐 주었다.

"그리고 이름도 바꾸었어요. 스위프트라고 불러주세요."

"스위프트. 좋은 이름이네."

"고마워요. 그런데…… 아틀란드님과는 어째서 무리를 하면서까지 대결을 벌이신 거예요."

"……."

룬은 대답이 없었지만 스엣은 알겠다는 듯 고개를 끄

덕였다.

"오라버니를 죽인 그 자 아틀란드님이었던 건가요?"

긴 숨을 내쉬며 한참을 말이 없던 룬이 이윽고 그렇다고 대답을 하였다.

"역시…… 조금 이상하다 했어요. 아무리 생각해도 오라버니가 그렇게 죽자살자 달려들 이유가 없었거든요."

스엣이 측은한 얼굴로 룬을 보았다. 그리고 거의 어깨에 손을 올려놓았다.

"복수를 하지 못해 그렇게 세상 다한 얼굴을 하고 있는 건가요? 하지만 오라버니는 검술보다는 마법에 능하잖아요. 그는 검술에 있어서는 제국에서도 손에 꼽힐 정도에요. 그런 자와 순수 검술로 호각지세였다면 오히려 자부심을 가져도 되는 일이죠. 그러니 너무 마음 쓰지 마세요. 복수의 기회는 얼마든지 있을 테니까요."

"후우."

룬이 긴 한숨을 내쉬었다.

"그래. 네 말이 맞다. 내가 너무 망상에 사로 잡혀 있던 모양이구나. 불과 몇 달전만해도 난 검술의 검자도 모르던 놈이었지. 그런 내가 힘을 좀 얻었다고 검술로 그를 이길 수 있다는 생각자체가 잘 못 됐던 거였어."

룬은 스엣이 말한 게 전부가 아니라는 듯 답답한 얼굴을 하면서도 대답은 시원스레 하였다.

부정적인 생각을 버리고 빠르게 냉정을 되찾는 것.

그것이 룬이 가진 가장 큰 장점 중 하나였다.

"이거 동생에게 걱정만 시키는 오라비라니. 내 다시는 너에게 이런 모습을 보이지 않을게."

룬은 가슴 한켠이 여전히 무거웠으나 스엣에게 그런 모습을 보여 주기 싫어 애써 밝은 얼굴을 하였다.

"제국에 돌아가 곤란하지는 않았어?"

"예상치 못한 고수의 등장이 있었으니 어쩔 수 없었다고 둘러댔죠. 오히려 잘못된 정보로 제 목숨이 정말로 날아갈 뻔했다고 으름장을 놓으니 그들도 달리 의심을 하지는 않았어요. 이곳에는 그 고수를 찾는 다는 명목으로 온거죠. 아마 이번 임무도 또 실패하겠지만요. 오라버니를 그들에게 고할 수는 없는 노릇이잖아요."

마지막에는 농조를 조금 섞었다.

그럼에도 룬의 얼굴에는 웃음기가 없었다.

스엣도 덩달아 심각한 표정을 지었다.

그리고 룬에게 바싹 다가와 아무도 없는데도 속삭이듯 말했다.

"이번 사절은 친목이나 다지기 위해 온 게 아니에요."

"아는 게 있는 거냐?"

"예. 그러니까 그게…."

스엣이 막 대답을 하려는 데 어디선가 인기척 소리가 들려왔다.

보폭이 일정하고 안정적인 것이 굉장히 훈련이 되어 있는 자 같았다.

그럼에도 기척이 또렷이 들리는 건 그가 기척을 숨기지 않았기 때문이었다.

인기척소리의 주인공이 마침내 룬의 시야에 들어올 정도로 가까이 왔다.

"아, 아틀란드님."

먼저 반응을 보인 건 스엣이었다.

"네가 어찌 이곳에 있는 것이냐?"

"공주님께서 친히 치료약을 내리셔서 전달해 주러 왔습니다."

"그럼 치료약만 전해주면 될 일. 어째서 이렇게 외진 곳까지 온 것이냐."

아틀란드가 의심의 눈길을 보냈다.

많은 장소를 나두고 굳이 이렇게 외진 곳까지 왔으니 그로써는 이해할 수 없는 일이었다.

"혼자 있고 싶어 외진곳을 찾았는데, 이분이 이곳까지 찾아온 겁니다."

하며 스엣에게 시선을 돌렸다.

"이제 됐으니 그만 가보세요. 치료약은 잘 쓰겠다고 전해주십시오."

"예. 그럼 저는 이만 가보겠습니다."

스엣이 도망가듯 자리를 벗어났다. 그때 그녀의 귓전에 룬의 음성이 들렸다.

–내일 10시 이곳에서 보자.

아틀란드가 예사롭지 않은 눈으로 룬과 사라져 가는 스엣을 지켜보았다.

"검사의 명예보다 한낱 명령이 더 중요하신 분께서 이곳까지는 어쩐 일이십니까."

"비꼬지 말게나…. 상처는 좀 괜찮나?"

아틀란드의 말은 뜻밖의 것이었다.

"자네가 나에게 왜 그리 죽자 살자 달려들었는지 생각해봤지. 나는 제국의 은혜에 보답하기 위해 그동안 수많은 일을 해왔어. 자네의 분노가 그와 무관하지 않을 거라 생각하네."

룬은 대답이 없었다.

하지만 애초에 대답을 들으려 한 것이 아닌 듯 아틀란드는 개의치 않았다.

"무슨 일인지는 묻지 않겠네. 허나 피는 또 다른 피를 부르고 복수는 복수를 낳을 뿐이야."

하고 아틀란드는 미련없이 등을 돌렸다. 그러다 뭔가 생각이 난 듯 고개를 돌렸다.

"참. 누구에게 검술을 하사받았는지 물어도 되겠나."

"……."

"대답하기 곤란하면 하지 않아도 되네. 자네를 보니 문득 누군가가 생각나서 해본 말일 뿐이네. 참, 그러고 보니 그자는 검사가 아니었지. 하지만 지독한 그 모습이 어딘지 닮았어."

하면서 아틀란드가 품에서 무언가를 꺼냈다.

"이걸 받게. 내가 말한 그자가 가지고 있던 것이지."

아틀란드가 품에서 꺼낸 물건을 룬에게 던졌다.

룬이 반사적으로 그 물건을 받았다.

붉은 루비가 밝힌 목걸이었다. 루비는 룬의 손에 닿자 우웅 하더니 파란빛으로 변하였다. 사부의 목걸이었다.

룬은 색이 변하는 목걸이를 주먹으로 꽉 쥐어 빛이 새어 나가지 않게 했다.

아틀란드는 목걸이색이 변하는 걸 보지 못한 것인지 그대로 사라져 버렸다. 허나 그의 눈빛은 예사롭지 않게 빛나고 있었다.

룬은 지친 몸을 이끌고 왕실의 숙소로 들어갔다. 숙소로 돌아온 룬은 창가에 서 목걸이를 내려다보았다.

머리가 혼란스러웠다.

룬이 기억하는 아틀란드는 간악한 자였다.

허나 오늘 본 그는 자신의 손에 묻은 피의 무게에 괴로워하는 검사의 모습도 가지고 있었다.

'나는 대체 왜 그에게 복수를 하려 했던 것일까.'

의문을 품을 필요도 없는 일이었다.

'허나 나에게 검을 겨눈 건 그지만, 그 또한 결국 누군가
의 명을 받았을 뿐이다."

하며 룬은 공허하게 창밖을 보았다. 추운 날은 가고 새
싹과 꽃들이 피어나고 있었다.

'명을 내린 사람을 무엇 때문에 나를 죽이려 했을까. 결
국 이는 제국을 위해서겠지. 허면 내가 진정으로 복수해야
될 대상은 누구란 말인가.'

그저 명에 따른 아틀란드일까. 아니면 근본적인 원흉인
제국 자체인 것일까.

문득 그 동안 복수심에 눈이 멀어 너무 좁은 시야를 가
지고 있던 건 아닌 걸까. 그런 생각이 들었다.

'후우. 그 동안 무얼 하고 있었단 말이냐. 힘이 생기면
자연히 복수를 할 수 있다는 안일한 생각에 빠져 정작 누
구에게 칼끝을 겨누어야 하는지조차 생각지 않고 있었구
나.'

룬은 커튼을 치고 침대에 누웠다.

머리가 어지러웠다.

룬은 깊게 생각하지 않으려 애를 썼다.

'아니다. 복잡하게 생각 할 것 없다. 나에게 검을 겨눈

것은 아틀란드고 내가 알고 있는 건 그러한 사실 뿐이야.
그가 어떤사람인지, 누구의 명을 받은 건지 따위는 중요하
지 않아.'

　룬은 사부의 목걸이를 움켜쥐었다. 차가운 금속이지만
따뜻함이 전해지는 듯했다.

　룬은 복잡한 심경에도 피로가 쌓였는지 목걸이를 움켜
쥔채 금세 잠에 들었다.

NEO FUSION FANTASY STORY & ADVANTURE

LINE

제 4 장

왕의 탄신일

제 4 장
왕의 탄신일

이른 아침부터 룬의 숙소에 누군가가 찾아왔다. 룬이 피곤한지 벌집이 된 머리를 긁으며 문을 열어주었다.

"데카부네님?"

"반갑습니다."

"이렇게 이른 시간에 어쩐 일로."

"드릴 말씀이 있습니다."

"들어오세요."

룬은 대충 옷가지를 정리하고 테이블에 앉았다.

"상처는 괜찮으십니까?"

"보시다시피요."

"어제는 왜 그리 무리를 하신 겁니까? 그저 대련으로 충분했을 텐데."

"데카부네님도 그 이야기군요. 왜요? 문책이라도 하실려고 오신겁니까."

데카부네는 룬의 신경이 날카롭게 곤두서 있다는 느낌을 받았다.

"아닙니다. 덕분에 일이 좀 더 수월하게 되었습니다."

"무슨 뜻입니까?"

"애슐리 공주님께서 대결을 감명 깊게 본 모양입니다. 사절단의 일정에 룬님을 동행하라는 뜻을 내비쳤습니다."

"저를요?"

"예. 이건 사절단의 일정표입니다."

데카부네가 저번보다는 더 얇은 종이뭉치를 테이블위에 올려놓았다.

"그들의 일정을 숙지해 두면 동선을 파악하는 데 수월할 겁니다."

룬은 고개를 갸웃하면서도 순순히 데카부네의 말에 수긍했다.

"그들은 분명 이번 방문으로 무슨 일을 꾸밀겁니다. 룬님이 그들 곁에 있다 무슨 낌새가 있으면 우리에게 알려주십시오."

"확실히 한낱 사절단에 대륙에서 손꼽히는 고수를 대거 대동했으니 무슨 일을 내도 내겠죠."

"명단을 읽어 보셨군요."

"뭐, 시간이 남아서……."

"아틀란드는 이미 보았고, 특히 요르망이라는 인물과 브라운댄이라는 자를 조심하셔야 합니다."

요르망은 아틀란드와 버금가는 고수였고 브라운댄은 머리가 비상한 자로 제국의 크고 작은 일을 도맡아 하는 자로 룬도 이름 정도는 들어 본적이 있을 정도로 유명한 자들이었다.

이후로 데카부네는 사절단과 관련하여 몇 가지 말을 한 뒤 너무 이른 시간에 찾아와 미안하다는 말을 남기고 사라졌다.

룬은 일정표를 들여다보았다.

오늘 일정은 국왕의 탄신일을 맞아 그곳에 참석하는 것이었다.

'국왕의 탄신일이라…… 왕궁이 떠들썩하게 바쁜 게 사절단을 맞이하기 위함만은 아니었었군.'

룬은 일정표를 더 자세히 보았다.

국왕의 탄신일은 그랜드홀에서 이루어졌다. 그랜드홀은 족히 500명은 수용할 수 있을 정도로 넓고 확 트인 공간이었다.

아무래도 비밀스런 음모와는 거리가 먼 곳이었다.

'그래도 혹시 모르니 주위를 기울여야해.'

살인은 험악하게 생긴자보다 흔히 볼 수 있는 옆집 아저씨와 같은 사람에게서 더 자주 일어나는 법이다.

음모도 이와 다르지 않았다. 음습하고 밀폐된 공간보다는 오히려 누구도 의심하지 못하는 의외의 곳에서 일어나곤 했다.

룬은 마법시계를 보았다. 시간은 10시에 다다르고 있었다.

룬은 어제 약속한 장소에 나갔다. 그러나 스엣은 보이지 않았다.

'이상하군.'

룬은 혹시나싶어 30여 분을 더 기다렸다. 허나 어찌된 일인지 스엣은 보이지 않았다.

'일정 때문에 따로 움직일 수가 없는 모양이군.'

그렇게 생각하며 룬은 더 이상 기다리지 않고 자리를 떠났다.

그날 저녁.

마침내 그랜드 홀에서 왕을 위한 축제가 열렸다. 분위기는 의외로 자유스러웠다. 왕이 모든 대소신료들과 사절단이 모인 가운데 연설을 한 뒤 다들 술 한잔을 기울였다.

그리고는 여느 파티와 다름없이 음식도 먹고 술도 마시

고 춤도 추는 형식이 되었다. 왕의 연설이 없었다면 친목을 다지기 위한 연회와 크게 다를 것이 없었다.

룬은 애슐리 공주의 곁에 자리하고 있었다. 애슐리 공주 주위에는 제국의 여러 대신들을 비롯해 데카부네가 당부한 요르망과 브라운댄도 보였다.

요르망은 뛰어난 검사라는 소리를 듣는 것 과 다르게 평범한 모습이었다.

브라운댄은 백발이 무성한 노인이었는데 눈과 눈썹사이가 멀고 눈꼬리가 쳐져 있어 날카로운 생각보다 온순한 인상이었다.

그의 눈은 한 폭의 그림이라도 보는 듯 그윽해 보이기도 했는데 자세히 본다면 주위를 살피느라 빠르게 움직이고 있음을 알 수 있었다.

그리고 브라운댄 옆에는 익숙한 얼굴인 스엣도 보였다.

-약속장소에는 왜 나오지 않은 것이냐?

룬이 마나술을 이용해 스엣에게 말을 전달했다.

-사정이 있었어요.

스엣도 마나술을 이용해 룬에게 말을 전달했다.

룬은 스엣의 말을 듣자 흠칫 거렸다.

마나술을 이용해 말을 전해본 적은 있어도 받아본 건 사부 이후에 처음이었다.

왜 사람들이 마나술로 말을 전달받을 때마다 흠칫거렸는지 이해할 수 있을 것 같았다. 그 소리가 꼭 귀신이 흐느끼는 것과 흡사했다.

스엣은 주위를 잠시 둘러보더니 토레논 공작 옆에서 와인을 마시고 있는 브농 후작에게 시선을 고정시켰다.

스엣의 시선을 따라가다 보니 룬의 눈에도 자연스레 브농 후작이 들어왔다.

–왜 그래? 설마 브농 후작이 제국의 세작?

–아니요. 그 반대….

스엣의 마나술은 완전하지 않아 말을 하는 것처럼 제대로 된 의사가 전달되지 않았다.

–브농 후작. 독살.

–브농 후작을 독살한다는 거야?

스엣이 아주 은밀하게 고개를 끄덕였다.

–어떻게?

–그건. 저도. 잘…… 절대. 와인을. 마시지…… 못하게…….

스엣의 음성은 거기까지가 끝이었다.

마나술을 사용하기 위해 계속 입을 달싹거리던 스엣을 보며 브라운댄 백작이 말을 건 것이다.

"왜 그러느냐? 몸이 안 좋은 것이냐?"

"아닙니다."

"흠음. 자꾸 이상한 기분이 드는구나. 미약하지만 마나의 흐름이 느껴지는 것 같아."

하며 브라운댄 백작이 주위를 두리번거렸다. 그의 시선이 룬에게도 닿았지만 룬은 악사들의 연주에 현혹이 된 듯 그곳만 바라보고 있었다.

주변을 둘러보던 브라운댄 백작은 품에서 작은 돌덩이를 꺼냈다. 그곳에 마나를 불어넣자 돌이 푸르게 빛났다.

마나의 흐름을 방해시키는 장치였다. 혹시라도 모를 불상사를 대비해 제국의 고위직들은 모두 품에 지니고 있는 것이었다.

"흠음. 왕의 축제인데도 마나블록을 설치해 두지 않다니. 보안이 엉망이로구나. 하긴 이런 소국에서 그러한 시설을 바란다는 건 무리겠지."

하며 그는 휴대용 마나블록을 다시 품속에 집어넣었다.

"혹여 그때 너를 저지했던 자가 있는지 주위를 잘 살펴보거라."

"예."

스엣은 그의 지시에 따라 주변을 살펴보았다. 하지만 가상의 존재인 그가 그녀의 시야에 나타날리는 만무한 일이었다.

한편 스엣의 말을 들을 룬은 상황을 종합하는데 여념이 없었다.

'브농 후작이 오늘 이곳에서 독살을 당한다?'

왕국의 많고 많은 대소신료들 중에 왜 하플 브농 후작일까.

이는 왕국의 특성과 관련이 있어 보였다. 왕국의 유일한 국경은 브농 후작이 다스리는 애틀란지방뿐이다.

애틀란지방 덕에 제국으로부터 안전을 보상받지만 달리 말해 그 지역만 해결된다면 탄탄대로가 열리는 셈이었다.

'그런데 왜 하필 와인일까.'

와인은 개인적으로 주어지는 게 아니었다. 하녀들이 샴페인이나 와인이 들은 술잔을 들고 다니면 필요에 따라 한 잔씩 마시는 것이라 특정인에게만 독을 쓸기란 매우 힘들었다.

룬이 한창 생각을 하고 있는데 여태껏 불만 없이 잘 참고 있던 애슐리가 성을 내기 시작했다.

"이곳은 정말이니 하나부터 열까지 마음에 드는게 없어. 숙성을 어떻게 시켰기에 와인에서 이렇게 신맛이 나는 거야."

그녀는 거의 집어던지듯 와인잔을 내려놓았다.

'와인에서 신맛이 난다고? 그럴 리가 없을 텐데.'

왕국의 와인은 주원료부터가 보통의 와인과 다르게 아주 단 것을 쓴다.

또한 숙성시킬 때 단맛을 내주는 향신료와 온도를 조절

하여 시간이 지날수록 신맛은 사라지고 단맛만 남게 되었다.

더욱이 왕실에서 마시는 와인은 최소한 수년이상은 숙성시킨 것이었다.

왕국의 와인을 술이 아니라 음료라 비꼬는 말이 나돌 정도니 신맛이 난다는 건 가당치 않은 일이었다.

룬은 지나가는 하녀를 불러 와인을 마셨다. 단맛이 나지만 뒤에 숙성이 덜 된듯 텁텁하면서도 신맛이 났다.

'이건 왕국의 와인이 아니야. 아니, 왕국이 와인에 신맛이 나는 무언가를 섞은 거야. 그렇다면 설마.'

파피리아잎과 산초유는 따로따로 먹을 시에는 건강식품이지만 동시에 먹을 경우 독이 될 수 있었다.

그리고 브농 후작이 건강을 위해 파피리아잎을 즐겨 먹는 다는 건 알 만한 사람은 다 아는 사실이었다.

'독이 아니다. 허나 와인에 산초유를 섞어 브농 후작이 마셨을 때는 독과 다름없다.'

퍼즐조각이 맞춰지듯 실마리가 잡혔다. 그럼에도 여전히 의아한 것이 하나 있었다.

'산초유와 파피리아잎이 극악이기는 하지만 살상능력은 없어. 그저 며칠 앓아 눕게 하려고 이런 일을 꾸미지는 않았을 터. 그렇다면 의관에게까지 손을 써 놨을 공산이 크겠군.'

룬은 이 사실을 알리기 위해 데이미안에게 움직였다.

헌데, 그에게 가는 도중에 누군가 룬의 앞을 막아섰다.

바르텐에서 조금 떨어진 헨튼지방을 다스리고 있는 라일라이 백작이었다.

헨튼지방은 비록 수도는 아니었지만 바르텐과 인접한 지역이었고 워낙 크고 비옥하여 왕국에서도 손꼽히는 귀족 중 한명이었다.

다만 영지의 위치가 수도와 인접해 있다 하더라도 바르텐에 속한 건 아니었기 때문에 왕실에서의 직책이 없다는 것이 흠이라면 흠이었다.

허나 그는 야망이 많은 사람이었다. 어떻게 해서든 수도권으로 진출하여 왕실에서 중한 직책을 맞기를 열망하고 있었다.

"자네가 그 룬이라 청년이구만. 반갑네, 라일라이네."

"반갑습니다. 룬이라고 합니다."

룬은 마음이 급하지만 예를 갖추어 그를 대했다.

"일전에 자네의 검술을 잘 보았네. 제국 최고의 검사 중 한명인 아틀란드와 호각을 겨루다니, 정말 대단하더군."

"당치 않습니다."

룬은 건성으로 대답하며 데이미안에게 시선을 주었다.

"겸손할 것 없네. 그곳에 있던 사람이라면 누구나 자네의 실력에 탐복했음이야. 그건 그렇고 자네도 나이가 스물이 넘질 않았나?"

"예. 그런데 그건 왜…?"

하면서 룬은 조금씩 데이미안에게 걸어갔다. 데이미안은 지인들과 이야기를 나누느라 룬을 보지 못하고 있었다.

데이미안 옆에는 브농 후작도 보였다. 그는 뭐가 그리 즐거운지 연신 껄껄거리며 이야기를 나누고 있었다. 다행이 술은 입에도 대지 않고 있었다.

"왜긴 이 사람아. 나이가 그만큼 찼으면 혼사를 준비할 때가 된 것 아닌가. 그래서 말인데, 내 둘째 아이가 재색을 겸비한 보기 드문 신부감이라네. 나이도 올해 열여덟로 자네와 같이 결혼 적기에 들어섰지."

"그런가요? 전 아직 결혼 생각은 없어서…."

"이 사람아 결혼을 생각으로 하나. 다 짝을 만나면 하게 되어 있는 것이라네."

어느새 룬은 데이미안과 브농 후작의 지척까지 오게 되었다.

"그래도 전 아직 생각이…."

"왜 그러나 혹시 마음에 둔 처자가 있는 겐가?"

라일라이가 말하는 사이 브농 후작 옆으로 하녀 한 명이 지나갔다. 그녀의 손에는 쟁반위에 놓여진 와인잔들이 들려 있었다. 여태껏 술을 마시지 않던 브농 후작이 하필 다른 술을 놔두고 와인잔을 짚어 들었다. 그리고는 지인과 애기를 나누는가 하더니 곧 잔을 입에 가져다 댔다.

"없다면 그만 튕기고 우리 애를…."

라일라이 백작이 뭐라 말을 하든 말든 룬에 귀에는 들어
오지 않았다.

룬은 몸을 날려 브농 후작의 와인잔을 밀쳤다.

쨍그랑.

와인잔이 바닥에 떨어지며 파편을 뿌렸다. 대리석으로
된 바닥 위에 붉은 와인이 피처럼 번져갔다.

"자네 이게 무슨 짓인가?"

브농 후작의 미간이 좁혀졌다.

룬이 어정쩡한 자세로 일어나며 말했다.

"죄송합니다. 그만 발이 걸려서."

"그러게 조심했어야지."

말을 하는 사이 하녀가 다가와 깨진 유리잔을 치우고 와
인을 걸레로 닦았다.

"자네 괜찮은가?"

라일라이 백작이 룬을 부축했다.

"예."

한편 데이미안이 의아한 눈으로 룬을 바라보고 있었다.
그러는 사이 브농 후작이 다시 와인잔을 손에 들었다.

-절대 브농 후작님이 와인을 드시게 하면 안 됩니다. 자
세한 건 나중에 설명드리겠습니다.

데이미안의 귓전에 룬의 음성이 들렸다. 데이미안이 흠칫하며 룬을 바라보았다. 내용도 내용이지만 입만 벙긋하고 있는 룬의 음성이 귓전에 들리니 놀랍지 않을 수 없었다.

－독이….

내막을 설명하려던 룬의 마나술은 도중에 끊겨야 했다. 어느새 애슐리 공주와 브라운댄 백작이 룬의 근처에 왔기 때문이다. 브라운댄 백작이 가지고 있던 휴대용마나블록이 룬의 음성을 차단해 버린 것이다.

"하하. 이사람 보기와 다르게 아주 칠칠 맞구만. 이럴수록 옆에서 보필하는 사람이 필요하지."

아직까지 포기 하지 않고 룬의 옆에 붙어 있는 라일리아 백작이었다.

그때 애슐리 공주가 룬과 라일라이 백작 중간에 끼어들었다.

"본인이 그럴 의사가 없는데 당신이 뭔데 결혼을 하라마라 하는 건가요."

그녀의 음성은 평소보다 더욱 쌀쌀맞았다.

"아. 애슐리 공주님."

라일라이 백작이 조금 민망한지 헛기침을 두어번 했다.

그러는 사이 룬은 브뇽 후작쪽으로 바라보았다.

"오늘 달이 참 밝군요. 잠시 밖을 나가 정원에서 이야기를 나눌 수 있을까요."

데이미안이 말하자 브농 후작이 의아해 하면서 그를 따라 나섰다. 굳이 정원이라는 장소를 명확하게 말한 건 룬이 들으라는 의도 같았다.

룬은 안도의 한숨을 쉬었다.

한데 다른 일이 룬의 마음을 불편하게 했다.

어느새 애슐리 공주와 라일라이가 언성을 높이며 언쟁을 벌이고 있던 것이다.

내용인 즉, 애슐리가 룬에게 왜 혼사를 강요하느냐 라일라이 백작에게 말하면, 타국의 공주가 개인의 혼사에 무슨 상관이냐 하고 라일라이 백작이 대답하는 것이었다.

갑자기 혼담을 꺼내는 라일라이 백작도 백작이지만 그걸 가로막고선 애슐리 공주도 이해할 수 없기는 마찬가지였다.

아무튼 애슐리가 타국이라지만 대륙에서 가장 막강한 제국의 공주였고 사절단의 신분으로 와 있는 것이기에 라일라이 백작도 무작정 언성을 높일 수만은 없었다.

해서 적당히 하다 씩씩대며 자리를 벗어났다.

그러나 그러는 와중에도 룬에게 무언의 눈빛을 보내며 혼담의 끈을 이어가려 했다.

"그렇지 않아도 어떻게 거절하나 걱정하던 차였는데 아무튼 감사하게 됐습니다."

하며 룬은 데이미안을 따라가려고 했다.

애슐리가 그런 룬을 막아섰다.

"당신은 무슨 남자가 그렇게 맺고 끊는 게 명확하지가 않나요."

"그게 무슨 말씀이십니까?"

"결혼은 평생 함께할 지인을 선택하는 건데 좋으면 좋다, 아니면 아니다 확실하게 말을 해야지 식은 스프처럼 맹숭맹숭하게 그게 뭐에요."

"제 태도가 공주님의 심기를 불편하게 만들 줄은 몰랐군요. 아무튼 죄송하게 됐습니다. 그리고 저는 급한 일이 있어 밖에 나가봐야 될 거 같습니다. 금방 돌아오겠습니다."

하며 룬은 공주의 말을 더는 듣지 않고 밖으로 나갔다.

그러자 공주가 토라진 얼굴로 룬의 뒷모습을 보며 뭐라 궁시렁궁시렁거렸다.

한편 룬이 나가는 것을 본 브라운댄 백작이 스엣에게 넌지시 말을 걸었다.

"마지막까지 너와 함께 있던 자가 저자가 아니더냐? 널 못 알아보는 걸 보면 위장이 완벽한 모양이구나. 갑자기 나타난 기인 때문에 당황스러웠을 텐데도 잘 해냈구나. 그에 대해서는 여전히 아무런 단서도 구하지 못한 것이냐?"

"송구합니다."

"아니다. 제 3자의 개입을 미리 파악하지 못한 나의 잘못이지. 헌 데 말이다, 혹여 저자를 그 기인으로 혼동한 것은 아니더냐?"

스엣은 엄지와 검지를 만지작거렸다. 불안할 때 나타나는 그녀만의 습관이었다.

"그게 무슨 말인지?"

"어제 보니 저자의 실력이 꽤 대단하더구나."

"하지만 저를 이길 정도는 아닙니다. 그 대결에서 호각을 이룬 건 어디까지나 아틀란드님이 사정을 두었기 때문입니다."

"단순이 보이는 것 외에 무언가 있다는 생각이 자꾸 드는구나. 이상하게 신경이 쓰여."

"아무리 당황한다고 하나 헛것을 보거나 하지는 않습니다."

"그래. 아무렴 네가 그런 실수를 하지는 않겠지."

말은 그렇게 했지만 브라운댄 백작은 여전히 룬에 대한 의구심을 풀지 않았던지 심각한 얼굴을 하고 있었다.

생각해보면 룬은 이상한 점이 한 두 가지가 아니었다. 얼마 전까지는 변방의 귀족이었다. 그러나 지금은 왕실 최고의 아카데미에 그곳도 리오도르의 검술특기생으로 와 있었다.

또 스엣과 가장 마지막까지 대치한 자이기도 하며 브농

후작이 와인을 마시려 할 때 우연찮게 방해를 한 인물이기도 했다.

룬의 이력에서부터 사건 하나하나에 개입이 되는 것 까지 신경이 쓰이는 게 한두가지가 아니었다.

❖

정원으로 나온 룬은 곧바로 데이미안과 브농 후작을 찾아갔다.

데이미안은 심각하게 이야기를 나누다 룬을 보고는 시선을 돌렸다.

"귓전에 네 음성이 맴돌던데 무슨 술수를 부린 거지?"

"잔재주일 뿐입니다. 그보다는 다른 중요한 일이 있지 않습니까?"

입만 달싹 거릴 뿐인데 말이 전해지는 것은 왕자인 그에게도 굉장히 이색적인 경험이었다. 하지만 룬의 말대로 지금은 그 보다 중한 사안이 있었다.

"와인을 마시지 말라니. 무슨 뜻이지?"

"왕자님께서는 와인 맛이 이상하다고 느끼지 않으셨습니까?"

"확실히 조금 이상하긴 했지. 하녀에게 물어보니 애슐리 공주가 단맛을 별로 좋아하지 않아 신맛을 내는 향신료를 섞었다고 하더군. 그런데 그게 무슨 문제라도 되나?"

"신맛이 나는 건 향신료가 아니라 산초유를 섞었기 때문입니다. 그리고 산초유는 파피리아의잎과 만났을 때 독이 되기도 하죠."

"그렇다면…."

"예. 브농 후작님을 노린 음모입니다."

"흐음."

둘의 대화를 듣던 브농 후작이 낮게 신음했다. 누군가 자신을 독살하려 했다하니 간담이 서늘하지 않을 수 없었다. 허나 그는 온갖 권모술수가 난무하는 애틀란지방을 수십년 동안 지킨 영주였다.

금세 정신을 추스른 그는 상황을 파악하기 위해 머리를 굴렸다.

"국왕전하와 왕자님. 그리고 토레논 공작님 비롯한 수많은 대소신료들 가운데 유독 나를 노렸다는 건 분명 이유가 있을 터."

"그건 아마 브농 후작님께서 국경을 담당하고 있는 영주이기 때문일겁니다."

"나를 음해하고 그 틈을 타 애틀란을 공략할 속셈이라 이건가?"

"예."

"그렇다면 배후는 명확해 지는군."

"사절단이 이 시기에 맞춰 온 것만 봐도 알 수 있는 일이
죠."

얘기를 듣던 데이미안은 문득 한 가지 의문이 들었다.

"헌데 이상하군요. 아무리 산초유가 파피리아잎과 만나
면 독이 된다고 하지만 이는 며칠 앓으면 그만인 겁니다.
물론 심기가 허한 사람은 죽는 경우도 있지만 브뇽 후작님
처럼 심신을 달련해온 사람한테는 맹독이 될 수는 없을 겁
니다."

말은 브뇽 후작에게 한 것이지만 데이미안의 시선은 룬
에게 향해 있었다.

"아마 의관에게까지 손을 써 놨을 가능성이 큽니다."

대화를 유심히 듣던 브뇽 후작이 고개를 끄덕이면서도
한가지 의아함을 가졌다.

"자네는 이것이 어찌 음모라고 확신하나? 모든 아귀가
맞아 떨어진다고는 하나 단순한 우연일 수도 있지 않은
가?"

"단순히 상황만을 놓고 하는 말이 아닙니다. 그들이 하
는 이야기를 들었습니다."

"그들의 이야기를 들었다고?"

"제가 제국 측의 움직임을 살피라 일러두었습니다."

데이미안이 대신 대답을 하였다.

"그렇군요."

그제야 브농 후작이 납득이 간 다는 듯 고개를 끄덕였다.

"생각해보니 이건 좋은 기회가 될 거 같군. 왕실에 산초유를 섞은 자를 역 추적해 보면 제국의 세작이 누구인지 알 수 있겠어."

"흐음."

데이미안은 드디어 실마리를 잡아감에도 좋지 못한 얼굴을 하였다.

"어찌하여 그러십니까?"

"그들은 왕실 내에서 브농 후작님을 음해하려 했습니다. 그들이 마음만 먹는다면 언제 누가 또 위험에 빠질지 모르는 일입니다. 그들이 저의 왕국을 차지하려는 뜻은 분명해졌습니다. 이런 상태에서 고작 세작 한 두명 잡는다고 달라질 건 없을 것 같습니다."

"그 말씀은…."

"예. 좀 더 강경하게 그들을 대응해야겠습니다."

"무슨 방도가 있으십니까?"

데이미안이 고개를 끄덕이며 이에 대해 설명을 하려 했다. 그때 룬이 데이미안의 말을 끊고 끼어 들었다.

"저는 이만 가보겠습니다."

"……?"

"오래 자리를 비우면 의심을 받을 겁니다. 제 역할은 어

디까지나 사절단을 따라 다녀 정보를 캐오는 것 뿐이니 없
어도 그만 아닙니까."

이 같은 말을 하는 것은 더 이상 깊게 왕국의 일에 개입
하고 싶지 않았기 때문이었다.

그런 룬의 속뜻을 안 것인지 데이미안이 흔쾌히 수락했
다.

룬이 사라지자 데이미안이 브농 후작에게 앞으로 벌어
진 계획에 대해 설명을 하기 시작했다.

데이미안의 설명을 듣던 브농 후작의 눈은 더 없이 커졌
다. 그의 방도가 너무 위험천만하고 극단적인 것이었기 때
문이다.

하지만 그의 말대로 이미 제국의 손아귀에 왕실까지 휘
둘리고 있는 판이었다. 위험하지만 극단적인 수를 써야 될
때였다.

NEO FUSION FANTASY STORY & ADVANTURE

LUNE

제 5 장

다가오는 위기

제 5 장
다가오는 위기

한 마을을 통째로 옮겨 놓은 듯 거대한 그랜드 홀. 음악이 잔잔히 흐르고 사람들은 일말의 근심도 없는 것처럼 만면에 미소가 가득했다.

그렇게 즐겁게 진행되던 연회에 돌연 비명소리가 들려왔다.

"크아악–."

비명을 내지른 건 브농 후작이었다. 데이미안과 잠시 정원에 나갔다 온 그는 아무일 없이 연회에 다시 돌아왔다. 그리고 다른 사람처럼 연회를 즐기고 있었다. 그러던 가운데 돌연 목을 부여 잡고 쓰러져 버린 것이다.

"브농 후작님."

브뇽 후작과 가장 가까이에 있던 데이미안이 쓰러진 그의 머리를 부여잡으며 심각한 얼굴로 말했다.

"뭣들 하느냐 브뇽 후작님을 의관실로 옮겨라."

"갑자기 어떻게 된 겁니까?"

어느새 달려온 토레논 공작이 사색이 된 얼굴로 말했다.

"모르겠습니다. 얘기를 하던 도중 갑자기 가슴을 부여잡고 쓰러지셨습니다."

하며 데이미안이 다시 소리쳤다.

"뭣들 하느냐. 어서 후작님을 의관실로 모셔라."

어느새 연회장 밖을 지키던 기사들과 하녀들이 몰려들어 브뇽 후작을 의관실로 데리고 갔다.

"저는 브뇽 후작님께 가봐야겠습니다. 토레논 공작님이 이곳의 상황을 잘 수습해 주십시오."

데이미안이 브뇽 후작을 따라나섰다.

난장판이 된 가운데 스엣이 난처한 얼굴로 룬을 보고 있었다.

그녀의 얼굴에는 '왜?' 라는 의구심이 가득했다.

룬은 마나블록 때문에 그녀에게 음성을 전달할 수 없어 눈짓으로 나중에 설명하겠다는 무언의 뜻을 보냈다.

스엣은 일이 어떻게 돌아가는 건지는 잘 모르겠지만 룬의 표정으로 보아 의도한 것이라는 것은 짐작하였다.

"갑자기 어떻게 된 건가요?"

애슐리 공주가 어느새 룬의 곁으로 다가왔다. 그녀는 사람이 쓰러졌음에도 마냥 걱정스럽기 보다는 호기심이 서린 얼굴이었다.

"어라, 와인잔이 떨어져 있네요? 그럼 와인을 먹고 저리 된 건가?"

아무렇지 않게 내뱉은 말이었으나 그녀의 주변에 있던 사람들은 제각각 얼굴이 변하였다.

"그럴리가요. 와인은 누구나 다 마신 건데 브농 후작님만 쓰러진다는 게 말이 안 되지요."

룬이 대답했다.

브농 후작이 쓰러진 이유가 와인때문이라고 밝혀져서 좋을 게 없었다.

그럼 일을 꾸민 자들이 더욱 경계하여 꼬리를 잡기만 힘들어질 뿐이었다.

"하긴 그도 그렇네. 아흠. 즐거운 연회에 이게 웬 소란이람."

별 대수롭지 않게 중얼 거린 그녀는 다시 원래 있던 곳으로 돌아갔다.

브농 후작이 쓰러지는 참사가 있긴 했지만 국왕의 탄생일인만큼 상황은 금세 정리 되었다.

어느새 연회장에는 다시 음악소리가 울려 퍼졌고 아무일도 없었던 듯 다시 평화로운 연회가 진행 되었다.

"그런데 이 나라에는 공주도 없나? 듣자하니 아주 미모의 공주가 한 명 있다고 하던데. 어떻게 자기 아비의 탄생일인데 코빼기도 안 비칠 수가 있어."

"이자벨리아 공주님께서는 아직 공식석상에 모습을 드러내신 적이 없습니다."

룬이 대답했다. 룬은 온 신경을 브놈 후작쪽에 쓰면서도 아무렇지 않은 얼굴을 하고 있었다.

"그래요? 그럼 미모의 공주라는 건 그냥 뜬소문일 뿐인 건가."

"글쎄요."

"이봐요. 지금 당신이 여기 왜 있는 건지 알긴 아는 거에요?"

돌연 애슐리가 눈을 치켜떴다.

"왕국의 사정에 대해 말해줄 사람이 필요하다고 하시지 않았습니까?"

"잘 알고 있네요. 근데 그렇게 성의 없이 대답해서야 되겠어요? 아까는 말도 없이 사라지고."

"그럴 일이라면 그쪽 방면에 전문가가 있습니다. 저는 이곳 사람이지만 얼마 전까지 루텐영지라는 아주 후미진 곳에서만 지냈기에 사정을 잘 모릅니다."

"지금 나랑 있기가 싫다는 겁니까?"

"그건 아닙니다만…… 저보다 도움이 되는 사람이 얼마

든지 많이 있다는 그런 뜻입니다."

"아 몰라. 그건 됐고. 근데 저 여자는 누구에요?"

룬이 애슐리 공주가 가리킨 곳으로 시선을 돌렸다. 그곳
에는 붉은 머리를 곱게 묶고 상체의 굴곡이 잘 드러나는
드레스를 입고 있는 미모의 여성이 있었다.

룬도 익히 알고 있는 얼굴, 에일리아였다. 가죽튜닉이나
수련용 옷을 입고 있어 몰랐는데 드레스를 입으니 천상 여
자의 모습이었다.

"에일리아님이라고 토레논 공작님의 따님이십니다."

"흐음. 그래요?"

"왜 그러십니까?"

"아니에요. 그냥 이쪽을 계속 힐끗거리기에 신경이 쓰
여서."

애슐리 공주를 주시하는 사람은 비단 그녀뿐만이 아니
었다. 그 중에 유독 그녀가 신경 쓰이는 것은 여자로써의
본능과 같은 것이었다.

"가만 보니 나를 보는 게 아니네. 혹시 아는 사입니까?"

"예. 같은 교관님을 모시고 있습니다."

"그래요? 근데 그냥 동료를 보는 눈이 아닌 거 같은데."

마지막말은 거의 혼잣말에 가까웠다.

"예?"

"아니에요. 공녀라고 그랬죠?"

애슐리가 입 꼬리를 실룩거리더니 에일리아에게 걸어갔다.

"뭐해 안 옵니까?"

애슐리가 룬을 가리켰다.

"누군지 소개를 시켜줘야 될 거 아니에요."

"아."

"다른 분들은 올 필요 없어요."

룬은 그녀의 뒤를 따라갔다. 그녀를 뒤따르는 처지가 처량하게 느껴졌다. 대체 이곳에서 무엇을 하고 있는 거지? 라는 물음이 절로 나왔다.

"안녕하세요."

인사를 하는 애슐리 공주는 예를 갖춘 것이었으나 음성은 어딘지 모르게 쌀쌀맞은 구석이 있었다.

"아, 예. 안녕하세요."

에일리아가 애슐리 공주의 인사에 당황한 기색을 보이다 이내 예를 갖추며 인사를 했다.

"어쩐 일이신가요?"

"왕국의 공주라는 사람은 보이지도 않고. 공녀라는 사람은 제국의 공주를 보고도 인사를 하러 오지 않으니 제가 직접 올 수밖에요."

"그런가요."

대답을 하면서 에일리아는 룬과 시선이 마주쳤다. 그녀

는 얼른 눈동자를 돌리며 괜히 다른 곳을 쳐다보았다.

술집 이후 처음 만나는 것이라 애슐리 공주가 뭐라 말했는지 제대로 듣지 못할 정도로 어색함이 이만저만이 아니었다.

"두 분은 같은 검술특기생이라면서 별로 안 친한 모양이네요?"

"그게 무슨 말씀이신가요?"

"아니, 별로 그렇게 보이지가 않아서요. 친하지 않은 건 아니군요. 마치 좋아하는 사람을 앞에 두고 어찌할 바를 몰라 발을 동동 구르고 있는 사람 같네요."

그 말에 룬이 손사래를 쳤다. 그러면서 애슐리의 귀에 가까이 대고 속삭이듯 말했다.

"에일리아님은 왕자님과 혼담이 오가고 있는 사이입니다."

"아."

그 말을 듣던 애슐리의 표정이 돌연 밝아져 어느새 웃음기가 감돌았다.

"왕자님과 혼담이 오가셨다니. 제가 무례를 범했군요."

웬일로 애슐리가 먼저 고개를 조아렸다.

"괜찮아요."

에일리아가 룬과 애슐리를 번갈아 보았다.

"아직 정식으로 이야기가 오간 건 아니거든요."

"정식이건 아니건 그건 중요한 게 아니죠. 명문가의 여식에게 선택권이 없다는 건 우리나 그쪽이나 마찬가지 아닌가요?"

"저의 아버님께서는 무엇보다 제 뜻을 존중해 주세요."

"호호호."

애슐리가 재미난 희극이라도 본 듯 웃어댔다.

"철없는 소리를 하시는 군요."

"그럼 당신은 본인의 의사와 상관없이 집안에서 정해주는 사람과 혼인을 할 건가요?"

에일리아가 다소 발끈하며 말했다.

"물론 아니죠. 하지만 당신과 나는 입장이 다르잖아요."

그녀가 말하는 입장이란 소국과 대국. 그리고 공녀와 공주. 무엇보다 정치적으로 연을 맺어야할 누군가가 필요한가 아닌가를 뜻했다.

그런 점에서 에일리아는 왕자인 데이미안과의 혼사로 얻을 게 많지만 애슐리는 제국의 둘째 공주로써 상대를 선택권이 있는 입장이었다.

"그리고 이건 확실하죠. 우리의 입장이 다르다고는 하나 표현하지 않는다면 아무 소용이 없다는 거죠. 그로인해 무엇을 잃을지는 모르지만, 소중한 걸 얻기 위해서는 대가가 따르는 법이에요."

"당신이 뭘 안다고 그런 소리를 하는 건가요."

"저야 에일리아님이 아니니 당신의 마음이 정확히 무엇인지는 모르죠. 하지만 경험에서 나온 충고니 새겨들으세요. 호호호."

말 끝에 그녀는 특유의 웃음을 지었다. 에일리아는 그 웃음이 묘하게 거슬렸다.

"애슐리 공주님과 왜 이런 이야기를 나눠야 하는 하는지 모르겠군요. 더 할 이야기가 없다면 저는 이만 가보겠습니다."

에일리아가 성이난 듯 애슐리와 룬을 지나쳐 다른 곳으로 갔다.

성이난 이유가 애슐리 공주의 무례한 태도때문인지 아니면 다른 이유때문인지는 본인만 알 일이었다.

아무튼 그녀와 대면하는 이 자리가 몹시 불편해 더는 있고 싶지가 않았다.

"호호. 공녀님께서는 감정을 감추는 데 아직 서툰 것 같군요. 룬님도 보기와는 다르게 둔한 구석이 있고요."

내가? 둔하다고? 하고 룬은 생각했다. 하지만 그녀가 뭘 보고 그런 말을 하는 건지 쉬이 짐작이 되질 않아 그냥 가만히 있었다.

❖

브라운댄 백작과 아틀란드가 아무도 없는 밀실에서 잠시간 말없이 서로를 보고 있었다.

"갑자기 그 사람에 대해서는 왜 묻는 겁니까?"

아틀란드가 먼저 브라운댄 백작을 찾아 오는 것은 극히 드문 일이었다. 그런 그가 돌연 브라운댄 백작을 찾아와 잭스에 대해 묻고 있었다.

"그자는 분명 위협적인 존재이기는 했지만 굳이 많은 희생을 치르면서까지 제거한 연유를 모르겠습니다."

"지금에 와서 그 이유를 묻는 걸 보니 무슨 일이 있는 모양이군요. 그를 직접 상대해 봤으니, 아틀란드님께서는 그가 얼마나 두려운 존재인지 잘 알 것 아닙니까."

"그는 분명 제가 이전까지 상대한 그 누구보다 강하기는 했습니다. 하지만 그 존재 자체가 제국에 위협이 될 수는 없는 일이었습니다."

"그 하나라면 그렇겠지. 하지만 제이의, 제삼의 인물이 나타난다면 얘기는 달라질 겁니다."

아틀란드의 얼굴에 물음표가 떠올랐다.

"아틀란드님께서는 과거 바르텐대제가 어떻게 대륙을 통일했는지 알고 계십니까?"

뜬금없는 질문이기는 했지만 아틀란드는 성심껏 그 물음에 답변했다.

"그야 바르텐대제의 압도적인 무력때문이 아니었습니까?"

"아무리 바르텐대제가 뛰어나다고 하나 그 혼자의 힘으로 대륙을 통일 시킬 수는 없습니다."

"그럼?"

"그에게는 그보다는 못하지만 그에 버금가는 수백의 정예기사들이 있었습니다."

"뛰어난 검사는 각국에 손에 꼽을 만큼 나오기 힘든 일입니다. 바르텐대제는 역사상 가장 강한 인물로 평가되는 위인입니다. 그런 그와 버금가는 자들이 동시대에 수백이나 있다는 것, 더군다나 그들이 한 울타리에 있다는 건 말이 되지 않습니다."

"바로 그게 바르텐대제의 무서운 점입니다. 재능이 없는 자들도 소드마스터에 준하는 힘을 갖게 해주는 무서운 마술을 부리는 자가 바로 바르텐대제이며 그것이 대륙을 통일 시킨 원동력이었습니다."

아틀란드는 유독 마술이라는 단어가 귀에 들어왔다. 소드마스터 한명을 양성하기 위해서는 동시대에 최고의 재능있는 인재를 어렷을적부터 체계적으로 교육시켜야 간신히 얻을 수 있는 것이었다.

그런 소드마스터를 양산할 수 있다니, 그게 마술이 아니고 무엇이겠는가.

"그런데 그 이야기를 지금 하시는 연유가 무엇입니까?"

"그 자가 바르텐대제와 관련이 있는 인물로 판단되었기 때문입니다."

"허나 그렇다면 오히려 그 자를 회유하여 막강한 군대를 양성하는 게 낫지 않습니까?"

브라운댄 백작이 그게 아니라는 듯 고개를 내저었다.

"한명 한명이 모두 상황을 좌지우지할 수 있는 고수로 키워진다면 그만큼 막강한 군대도 없겠지만 반대로 그들을 통제하기란 불가능에 가까울 겁니다. 그런 기술은 차라리 이 세계에 완전히 사라지는 게 낫습니다. 다행히 그 방법을 알고 있는 건 오로지 바르텐대제뿐인 듯합니다. 대륙을 통일하고 바르텐대제가 돌연 사라진 후, 대거 양상 되었던 기사들 또한 같이 자취를 감추었으니까요."

"바르텐대제가 대륙을 통일 한 건 벌써 100년도 넘는 일입니다. 그 명맥이 끊겼다면 그 자는 어떻게 된 겁니까?"

"어떻게 그자가 바르텐대제의 비기를 물려 받았는지는 모르겠으나 어디까지나 예외는 있는 법이니까요."

"백작님께서는 그자가 바르텐대제와 연관이 있다는 걸 어찌 아신겁니까?"

"사람들은 그자의 재간을 보며 흑마법이다 뭐다 떠들지만 사실 그는 바르텐대제가 사용했던 것들과 흡사한 것입니다. 바르텐대제의 핵심은 마나연공에 있습니다. 자유자재로 마나를 부릴 수 있는 방법을 통해 무엇이든 가능하게 만드는 것이지요."

"흠⋯⋯."

"이제는 아틀란드님이 대답을 해야주셔할 차례입니다. 갑자기 그에 대해서 왜 물어 보신 겁니까?"

"그 자와 연관이 있는 자를 발견했습니다."

"그렇습니까?"

백작의 눈빛이 순식간에 변하였다.

"그게 누굽니까."

"일전에 저와 대결을 벌였던 룬이라는 자입니다."

"흐음. 나이에 맞지 않게 뛰어난 검술을 구사하는 것도 그렇고 여러모로 석연치 않은 자라 생각은 했었지만, 설마 그와 연관이 있었을 줄은 몰랐군요. 헌데, 아틀란드님께서는 어찌 그와 연관이 있다고 확신을 하시는 겁니까?"

"사실 잭스 그 자를 쓰러뜨렸을 때 그에게 걸린 목걸이를 전리품으로 챙겼습니다. 푸른빛을 띠다 주인의 곁에서 벗어나면 붉은빛을 띠는 신비한 목걸이었죠."

"그런데요?"

"룬이라는 자와 대결을 치루고 저는 한 가지 의아함을 가졌습니다. 어째서 저자는 생면부지인 나에게 죽자 살자 달려들까. 혹여 나와 원한이 있는 것인가? 그렇게 생각하다 문득 잭스 그자가 떠올랐습니다. 묘하게 둘이 비슷했기 때문이었죠. 해서 혹시나 싶어 그 목걸이를 그 자에게 주었습니다. 그러자 목걸이가 푸른빛이 띠었습니다."

"흐음."

브라운댄 백작이 낮게 신음을 하였다.

"직접 대면한 그는 좋은 자세를 가진 검사였습니다. 어차피 소드마스터를 양산하는 그 방법을 바르텐대제만 아는 것이라면 그냥 우리 편으로 회유하는 편이 어떨지……."

아틀란드 백작은 끝까지 말을 이을 수 없었다. 브라운댄 백작이 이글거리는 눈으로 아틀란드를 바라보고 있었기 때문이다.

"판단은 제가 합니다. 언제부터 아틀란드님께서 일에 왈가불가했습니까?"

"죄송합니다. 저는 다만."

"됐습니다. 아틀란드님께서는 지금처럼 분란이 될 만한 일이 있으면 제게 보고만 하시면 됩니다. 판단은 제가 하겠습니다."

아틀란드는 비록 직위는 없지만 그 실력을 봤을 때 웬만한 귀족 이상의 권세를 누리고도 남았다. 그런 그를 대하는 브라운댄 백작의 태도나, 그것을 당연하게 받아들이는 아틀란다의 행동은 이해하기 힘든 것이었다.

"그를 어떻게 하실 겁니까?"

"……."

브라운댄 백작은 대답하지 않았다. 하지만 그의 눈빛을 봤을 때 아틀란드는 어떻게 할지 확신이 들었다.

그는 룬에 관하여 괜히 말을 꺼냈다 하고 잠시 후회했다. 허나 그 후회는 오래가지 않았다. 제국의 은혜에 보답하기 위해 본인의 죄책감은 뒤로 미뤄야 했다.

❖

풀벌레 소리만 울리는 늦은 밤. 룬의 숙소로 은밀히 다가오는 기척하나가 있었다. 낯선 기척은 곧 룬의 숙소문을 열고 안으로 들어왔다.

룬은 낯선 기척에도 당황하지 않고 오히려 그 자를 반갑게 맞이했다.

"오셨습니까, 데카부네님."

데카부네는 고개를 끄덕이고는 숙소에 마련된 테이블에 앉았다.

"브뇽 후작님은 어떻습니까?"

"쓰러져 있기는 하지만 생명에는 큰 지장이 없습니다. 신관이 신성력을 사용하고 있어 며칠 내로 일어날 겁니다."

브농 후작이 와인을 마시고 쓰러진 날.

의관은 정확하게 증상을 진단하기는 했지만 잘못된 치료를 내놓았다. 그리고 그것은 브농 후작을 죽게 만들기에 충분한 것이었다.

데이미안은 그러한 것들을 전혀 모르는 마냥 의관이 시키는데로 치료를 하는 척 하면서 사실을 따로 신관을 불러 치료를 하고 있었다.

"다행이군요. 조금 지난 이야기이기는 하지만 그때 연회장에서의 일은 어떻게 되었습니까?"

"알아본 바로 트라올라라는 자는 트린베니아에서 지내기는 하지만 떠돌이 용병일 뿐이고 다른 자는 정체가 파악되지 않고 있습니다. 왕자님께서는 그 일 자체가 애초에 제국에서 이간질을 시키기 위해 꾸민 것이니 외교적인 문제가 일어나지 않는 선에서 좋게 마무리를 지으려고 하십니다. 하지만 신료들 사이에서는 아직도 팽팽하게 이야기가 오가는 중입니다."

"그렇군요."

"룬님은 생각보다 왕국을 많이 걱정하시는군요."

"그렇게 보이나요?"

"아니신가요?"

"저는 그저 어떻게든 저와 관련되었던 일이니 궁금해서 물어본 것일 뿐입니다."

데카부네는 그런가부다 하면서 돌연 심각한 얼굴로 테이블에 바싹 다가왔다.

"얼마 후에 브눙 후작이 별세했다는 소식이 퍼질 겁니다. 이는 공개적인 것이고, 브눙 후작의 장래를 위해 애틀란지방의 주요 관리들이 이곳 바르텐에 온다는 정보가 은밀하게 퍼질 겁니다."

"제국측에서는 브눙 후작도 예정대로 죽었겠다 주요관리마저 애틀란에서 자리를 비우니 애틀란지방으로 몰려올 수밖에 없겠군요. 제국의 병사들이 아무리 강하다고는 하나 천애의 요새인 애틀란지방을 공격해 온다면 밑 빠진 독에 물을 붓는 격밖에 될 수 없을 테니 손해만 보고 돌아가겠군요."

"그걸 어떻게? 왕자님께서는 아직 룬님에게 아무런 언질도 하지 않으셨다고 했는데."

"그렇지 않고서야 브눙 후작님이 구태여 와인을 마신까닭이 없지요. 위험한 일에는 결단이 필요한 법이죠. 그 날 왕자님의 얼굴에서 결의를 엿볼 수 있었습니다. 아마 다음 왕께서는 이 나라를 충분히 잘 이끌어 나갈 실 겁니다."

어찌보면 광호한 말이었다. 한나라의 왕의 재질을 신하된 자가 평가하는 것이 아닌가.

하지만 데카부네는 왕자를 보필하는 몸임에도 전혀 그런 느낌을 받을 수 없었다.

룬은 창밖을 한 번 바라보았다. 창 사이로 별들이 비쳤다. 별들 사이로 자신과 사부의 모습이 투영되었다.

"그러니 저에게 더는 무거운 짐을 주지 않으셨으면 합니다. 제가 맡은 임무는 사절단을 따라 다니는 것이고 그 일을 끝으로 더는 아무것도 하지 않을 겁니다."

잠시간 데카부네는 룬을 바라보았다. 룬은 여전히 창밖을 바라보고 있었다. 데카부네는 문득 룬의 눈빛이 무심하게 느껴졌다.

바르텐의 시장은 사람들로 시끌벅적했다. 하나라도 물건을 팔기 위해 고래고래 소리를 지르는 상인들, 물건값을 조금이라도 깎기 위해 통 사정을 하는 행인들. 광대들의 놀음 소리. 온갖 소리가 시장 통을 울렸다.

"말 그대로 시장바닥이군요."

애슐리 공주의 차림은 평소 그녀가 입는 차림에 비해서 굉장히 단조로웠다. 그녀의 오늘 행선지는 바르텐의 시내였다. 그런만큼 튀는 옷 대신 평범한 것을 택한 것이었다.

물론 그녀에게는 평범한 옷이지만 다른 이들의 주위를 끌기에는 충분한 것이었다.

특히 헤진 옷이나 꿰매어 입고 다니는 사람들로 사이에서는 더더욱 그러했다.

"저건 뭔가요?"

룬이 그녀가 가리키는 곳으로 시선을 돌렸다. 눈을 똘망똘망하게 뜨고 있는 생선이 파닥거리고 있었다.

"여울치라는 생선입니다. 왕국에서만 나는 특산물인데 맛은 별로 없습니다."

"그래 보이네요."

하며 그녀는 생선에 신경을 거두고 다른 곳으로 움직였다. 시장은 성이 차지 않은 것인지 인근 강가, 산기슭, 명소 등을 빠짐없이 돌아다녔다. 하지만 그녀의 눈길을 끄는 건 딱히 없던지 스쳐지나가듯 보는 게 전부였다.

평상복차림으로 차려입은 그녀의 호위기사들은 말은 않지만 그녀를 따라다니느라 상당히 힘들어 하고 있었다.

훈련을 게을리 하지 않는 기사들도 입에서 단내가 날 판인데 연약한 여자의 몸으로 어찌 그리 쉬지 않고 돌아 다닐 수 있는지 의문이었다.

"힘이 드네요. 어디 가서 좀 쉬어요. 자주 가는 펍이 있으면 그리로 가요. 아니, 펍보다는 그냥 자리를 잡고 먹을 수 있는 술집이 좋겠네요."

"자주 가는 데는 없고 한 번 가본 데는 있습니다."

그곳은 일전에 토레논과 에일리아를 만났던 술집이었다. 사절단 일행은 주위가 탁 트인 2층에 자리를 잡고 앉았다.

"아흠. 그래도 야경은 나름 괜찮네요."

그녀가 본 제국의 야경이라고는 왕실내의 정원밖에 없었다. 모든 걸 다 가진 그녀였지만 자유롭게 행동할 수 없는 건 여느 공주와 다를 바 없었다.

특히 대부분의 나라들은 공주들이 왕실 밖을 나가는 것을 엄히 관리했고 그건 제국도 마찬가지였다.

그녀가 볼품없다고 투덜거리면서도 왕국을 빨빨거리며 돌아다니는 이유는 제국에 돌아가면 언제 다시 이렇게 자유롭게 움직일 수 있을지 모르기 때문이었다.

"뭐 음식들도 괜찮은 거 같고."

사실 이곳의 음식은 왕실요리에 비해 형편없는 맛이었다. 다만 시장이 반찬이라고 바르텐시내를 돌아다니느라 온 기력을 소비하였기에 맛이 있다고 느낄 뿐이었다.

"하아. 사람이 차암 많네."

그녀는 주위를 둘러보았다. 사람들로 가득 매운 펍은 시장통 만큼이나 시끄러웠다. 하지만 그런 것이 싫은 것은 아니었다. 오히려 그런 것이 그녀를 자유롭다고 느끼게 해주었다.

많은 사람이 펍에 있지만 그녀에게 신경을 쓰는 사람도

또 그녀가 신경을 써야 하는 사람도 없었다.

룬은 그런 애슐리를 보며 문득 신디아가 떠올랐다.

'공주란 참으로 많은 억압을 받으며 살아가는 자들이군. 많은 공주들의 성격이 괴팍한 것도 이상한 건 아니야.'

그리 생각하니 애슐리가 측은하게 느껴지기도 했다. 하지만 따지고 보면 그녀 옆을 지키고 있는 자신의 신세가 더 측은한 것이었다.

"그런데 다른 분들은 왜 안보이시는 겁니까?"

"시내에 나오는 데 거추장스럽게 그들을 뭐하러 달고 나오겠어요. 곁에 있으면 잔소리만하고 영 쓸모없는 자들이라니까."

룬이 정말로 동태를 파악하고 싶은 건 사실 그들이었다. 하지만 생각해 보니 아무 하릴없이 이렇게 시내를 활보해 본적이 없는데다 요새 피곤한 일의 연속이었으니 나름 괜찮은 시간이라고 생각했다.

"근데 당신 말이에요. 이곳에서 무슨 작위를 가지고 있죠?"

"갑자기 그건 왜 묻습니까?"

"묻는 말이나 대답하세요."

"아직 하사받은 작위가 없습니다."

"흐음. 그럼 아직은 군신의 관계를 맺은 건 아니네요."

"그렇긴 합니다만……."

룬은 이 여자가 뜬금없이 왜 이런 소리를 하나 싶었
다.

"듣자하니 아버지께서도 아주 외진곳의 영주라고 하던
데…… 혹시 제국에 올 생각은 없나요?"

그녀는 대단히 선심이라도 쓰는 것 마냥 검지를 지켜 올
렸다.

"없습니다."

룬의 대답은 일말의 망설임도 없었다.

"왜요? 혹시 이 나리에 뼈를 묻을 각오라도 하신건가
요?"

"그건 아닙니다만…… 국적을 바꾸는 것은 그렇게 간단
한 일이 아닙니다."

"제가 누군지 잊으셨어요? 바로 제국의 공주라구요. 그
정도 일은 저에게 아무것도 아니죠."

"그래도 싫습니다."

애슐리가 눈 꼬리를 치켜떴다.

"왜 싫다는 건데요?"

"그러는 공주님이야말로 저를 왜 데려 가시려 하십니
까?"

"그야. 당신이 한 대결이 인상 깊어서 그런 거죠."

"제국에는 뛰어난 검사가 많지 않습니까? 그들의 대련
을 보시면 될 일 아닙니까."

"뛰어난 자는 많지만 당신처럼 피터지게 싸우는 자들은 없다구요."

"단순히 유흥을 위해 피 땀 흘려 노력한 자들의 수고를 그리 쉽게 생각하셔서는 안 됩니다."

"아주 잘 나셨네요."

하며 애슐리가 조금 토라진 얼굴을 하였다.

룬은 또 갑자기 왜 이러나 싶어 입술을 실룩거렸다.

그러는 찰나 그녀가 다시 룬의 신경을 건드리는 말을 했다.

"혹여 사랑하는 여자가 있어서 망명을 하려 하지 않는 건 아니고요?"

"그런 거 없습니다."

"그래요?"

애슐리가 그윽하게 룬을 바라보았다.

"만약 누군가 당신을 좋아한다면 어쩌실 생각인가요?"

"누군가 날 좋아한다고 제가 좋아해야 한다는 법은 없는 거 아닙니까."

"아주 예쁜데다 굉장한 명문가의 여식이라면요?"

"그런 여자가 절 좋아 할리가 만무하겠죠."

"만약 있다면요? 이를 테면 그때 봤던 공녀님이라면요?"

"……."

룬이 인상을 찌푸렸다.

"다시 말씀드리지만 그분은 왕자님과 혼담이 오가고 있으십니다."

"그러니까 만약이라고 했잖아요."

"그럴 일은 없습니다. 그러니 괜한 질문을 해 기운 빼지 마세요. 그리고 다시 한 번 말씀드리지만 다른 이유를 다 떠나 그냥 가기 싫은 것 뿐이니 더 이상 왈가불가하지 마세요."

"참. 다시 한 번 느끼는 거지만 정말 눈치가 없는 남자라니까."

그 말이 다시 룬을 자극했다. 룬은 대체 왜? 라고 묻고 싶었으나 자존심이 상해 그냥 콧김만 뀌고 있었다.

'여태껏 살면서 눈치 없다는 소리는 처음 들어 보는군.'

머리가 비상하다는 말은 꽤 자주 들어보았다. 머리가 비상하니 눈치가 빠른 것 당연한 일. 그런 룬에게 눈치가 없다는 말은 자존심이 상하는 것이었다.

룬의 기분이 상해서 인지 테이블에 잠시간 정적이 흘렀다. 호위기사들은 옆 테이블에 앉아 있어 이 어색함을 깨주기에는 너무 먼 거리였다.

그런데 둘 사이에 어색한 정적이 흐른다는 걸 알기라도 한 것처럼 한 일행이 둘에게 다가왔다.

그들은 사십대의 건장한 중년인과 딸 벌로 보이는 귀여

운 소녀였다.

중년인은 등 뒤에 커다란 바스타드소드를 매고 있었는데 덩치가 워낙 커 롱소드처럼 보였다.

"자리가 없어서 그런 데 합석을 좀 해도 되겠습니까?"

룬은 주위를 둘러보았다. 테이블은 사람들로 가득 차 비집고 앉아야 겨우 자리할 수 있을 지경이었다.

그런 가운데 여섯 명이 앉아도 넉넉한 테이블에 고작 두 명만 앉아 있으니 거한이 청을 할만도 하였다.

옆 테이블에 있던 호위기사들은 거한이 허튼짓을 하거든 당장이라도 달려들 태세를 취하였다.

"자리가 없으면 다른 곳으로 가면 그만이죠."

애슐리가 다소 쌀쌀맞게 말했다.

허나 거한은 보기와는 다르게 정중한 말투로 재차 말을 했다.

"다른 곳도 이곳과 사정이 마찬가집니다. 간단하게 요기나 하고 갈 요량이니 부탁드리겠습니다."

"나 참. 딱 보면 느낌이 안 오나요? 같이 자리를 해도 되는 사람들인지 아닌지."

"저는 떠돌이 무지렁이라서 그런 것은 잘 모릅니다. 지체가 높으신 분이였다면 사과드리겠습니다. 그래도 합석을 허락해 주신다면 제가 아주 재미난 이야기를 해 드리겠습니다."

거구의 사내가 오히려 정중하게 나오자 애슐리도 기분
이 나쁘지는 않은 모양이었다. 그녀도 내심 낯선 곳에서
낯선사람과 한데 어울리는 그런 로망을 꿈꾼적이 있는지
라 못 이기는 척 룬에게 눈짓을 보냈다.

"무슨 이야기를 해주실지 아주 기대가 되는군요. 자 이
곳에 앉으십시오."

룬이 일어나 애슐리 옆으로 자리를 옮겼다. 룬이 옆으로
붙자 애슐리가 흠칫 거렸으나 못이기는 척 그냥 아무말도
하지 않았다.

"감사합니다."

뒤이어 거구의 사내와 소녀가 둘을 마주보고 앉았다.

"저희가 먹을 안주와 술은 따로 시키겠습니다."

"됐어요. 여기 있는 것도 많으니 그냥 드세요."

웬일로 애슐리가 선심을 썼다.

"그럼 염치불구하고 먹겠습니다."

조심스런 말과 달리 그는 오리 다리를 쩌억 찢더니 자신
의 입으로 가져갔다. 그리고는 양고기를 잘라 소녀에게 건
네주었다.

오리고기를 우물거리던 그는 채 음식을 넘기기도 전에
맥주를 벌컥벌컥 마셨다.

애슐리가 이를 보며 인상을 찌푸렸다.

"옆에 있는 분은 딸 인가보죠?"

"아닙니다."

거한의 대답에 애슐리의 눈초리에 의심이 서렸다.

거한과 아직 성인도 되지 않은 소녀. 부녀 관계도 아닌데 함께 다닌다면 필시 부적절한 관계일 것이리라.

"부모를 여의고 오갈 데가 없어 거두었습니다."

"흐음. 그래요?"

거한의 설명은 오히려 그녀의 의심을 더욱 부추기는 것이었다.

허나 그녀는 이에 대해 달리 말은 하지 않았다. 부모를 잃은 고아라면 차라리 이런 식으로라도 누군가에게 보살핌을 받는 게 나을지 모르는 일이었다.

그런 것을 떠나 사실 그녀는 그냥 다른 이의 일에 참견하고 싶은 마음이 없는 것이었다.

"그런데 그 재미있는 얘기란게 뭔가요?"

"이런 너무 허기가 져 잠시 잊었군요."

거한이 손에 들린 오리고기를 마저 입에 넣은 뒤 손에 묻은 기름기를 입으로 쪽쪽 빨아댔다.

"제가 이곳에 오면서 어딘가에 들렀습니다. 그곳의 사람들은 빵을 한 조각 먹은 뒤 식었다는 이유만으로 바로 쓰레기통에 버렸죠. 그들의 식량창고에는 얼마든지 질 좋은 빵이 많으니까요. 고기는 조금 오래 되었다는 이유로, 와인은 누가 입을 대었다는 이유로, 수많은 이유로 음식이 버려졌죠."

거한은 여전히 오리고기를 우물우물 거리고 있었다.

"그런데 그 옆을 동네를 가보니 사람들은 먹을 게 없어 땅을 파헤치고, 나무뿌리나, 산짐승의 배변 따위를 먹으며 간신히 생명을 부지해 나가고 있었죠. 그마저도 없어 못먹는 사람은 피골이 상접하여 죽어가기 일쑤였습니다. 어느 곳에서는 음식이 넘쳐나는 데 어느 곳에서는 먹을 게 없어 죽어나가다니. 정말이지 웃기는 일이지 않습니까?"

재미난 이야기라 했지만 내용은 전혀 그러하지 않았다. 하지만 거한은 이 이야기가 재미있게 느껴지는 지 얼굴에 조소가 번져 있었다.

"먹을 게 없어 사람이 죽다니. 어지간히 못사는 나라인가보군요."

애슐리가 퉁명스럽게 대답했다.

굳이 퉁명스러운 대답이 아니라도 충분히 재미 없는 이야기임에는 틀림 없었다.

"빵을 쌓아두고 먹는 자들은 그에 걸 맞는 노력을 했으니 그런 거고 먹을 게 없어서 죽는 자들은 아무것도 하지 않았으니 그리 된 거겠죠."

거한은 애슐리의 대답이 만족스럽지 못한 듯 룬에게 시선을 돌렸다.

"만약 당신이 10살 짜리 꼬마라 생각해 보십시오. 배는 고픈데 할 수 있는 일이라고는 누군가의 밭을 갈아주거나 힘든 노동을 하는 것 밖에 없습니다. 그런데 그 일을 하고 나면 고작 한줌의 빵만 줄 뿐이죠. 다시 내일이 되었습니다. 빵을 먹기 위해서는 노동을 해야 하는데 한줌의 빵만 먹은 꼬마는 더 이상 일을 할 힘이 없습니다. 그런데도 아무것도 하지 않았기에 굶어 죽는 거라 할 수 있겠습니까?"

거한의 뜻 모를 말에 룬은 고심에 잠겼다. 그 사이 애슐리가 짜증이 난 듯한 말투로 말을 했다.

"지금 그게 재미있는 이야기인가요? 저한테는 전혀 재미가 없군요. 당신 때문에 기분이 상했으니 그냥 가보도록 하세요."

"허허. 제 이야기가 마음에 드시지 않은 모양이군요."

거한은 웃으며 룬을 바라보았다. 룬은 애슐리의 말에 동의하는 건지 별다른 생각이 없는 건지 달리 반응을 보이지 않았다.

"이야기가 자리값이었는데 제 값을 못했으니 응당 떠나드리는 게 도리겠죠."

하며 그는 오리고기를 마저 뜯어 입에 넣은 채 자리에서 일어났다.

옆에 있던 소녀는 처음과 마찬가지로 한 마디 말도 없이 그를 따라 일어섰다.

"기회가 되면 또 봅시다."

그 말은 분명 룬에게 하는 것이었다.

'또 보자니?'

룬의 그러한 의문을 뒤로한 채 거한은 어느새 계단을 내려가고 있었다.

룬은 거한의 뒷모습을 보며 기묘한 기분이 들었다. 갑자기 찾아와 심오한 이야기를 늘어놓더니 돌연 자리를 떠나는 그의 태도를 이해하기 힘든 것이었다.

그런데 그때였다. 돌연 1층에서 사단이 벌어 졌는지 요란한 소리가 났다.

"이놈이. 감히 도망을 쳐."

말을 한 이는 거한만큼은 아니지만 덩치가 제법 크고 얼굴에 흉터가 난 파락호였다.

그들 옆에는 그의 일행으로 보이는 자들 몇 명이 있었고, 앞에는 한 아이가 사시나무 떨 듯이 떨고 있었다.

"내가 네 놈 때문에 바르텐을 얼마나 빨빨 거리며 돌아다녔는지 알아."

파락호는 성이 났는지 아이의 얼굴을 주먹으로 때렸다. 접시날아가듯 아이가 뒤로 넘어갔다. 여기서 끝이 아니었다. 파락호가 넘어진 아이 앞에 다가가더니 마구 발길질을 해댔다.

"으, 자, 잘못했어요. 다, 다시는 그, 그러지 않을게요."

파락호의 발길질 때문에 읽으러진 음성이 남자 아이의

입에서 흘러 나왔다.

아이의 절규에 찬 외침에도 파락호의 발길질을 멈추질 않았다.

그럼에도 누구하나 나서 아이를 돕는 이가 없었다.

불의를 보면 참지 못할 것 같은 거한마저 눈앞에서 사태를 그저 방관할 뿐이었다.

"무슨 일인 거죠?"

애슐리가 시선을 내려 아래층을 보았다.

"어린아이가 파락호에게 끌려가던 중 도망을 간 모양입니다."

"파락호들이 왜 어린아이들을 끌고가나요?"

"아마 노예상인들에게 팔 요량이겠죠."

"그렇게 아무나 잡아가도 되는 건가요?"

"아무나는 아니고 빵이나 생필품 같은 것들을 훔치다 걸린 아이들을 잡아다 파는 거지요."

"그럼 그 어린아이들이 자초한 일이니 도움을 줄 필요는 없겠네요. 다들 그걸 알기에 이렇게 방관만 하고 있는 거군요."

"이곳에 있는 자들은 대부분이 평민입니다. 하루벌어 하루먹고 살기 바쁜 자들이죠. 그런 자들이 일과를 마치고 모처럼 쉬러 왔는데 구태여 불란에 휩싸이고 싶지는 않겠죠."

"그러니까 도움을 줘야 된다는 거예요, 말아야 된다는 거에요?"

"고작 좀도둑질을 했다고 노예로 팔아 버리는 건 너무한 처사죠. 더욱이 어린아이를 저렇게 두들겨 패는 건 아이가 무슨 짓을 했던 정당화 될 순 없겠죠."

"그럼 도와줘야 한다는 거네요."

룬과 애슐리가 대화를 하고 있는 사이 상황을 지켜보기만 하던 군중들 중에서 누군가가 파락호를 막아섰다.

"이게 뭐하는 하는 짓이에요."

파락호를 막아선 이는 거한 옆에서 인형처럼 한 마디도 하지 않고 있던 소녀였다. 술을 마시고 있는 건장한 사내들 중에 하필 나선 사람이 연약한 소녀라니 참으로 아이러니한 상황이었다.

소녀는 쓰러져 있는 소년을 감싸더니 경멸스러운 눈으로 파락호를 노려보았다.

"너는 또 뭐냐? 행색을 보아하니 거지는 아닌 것 같다만 괜히 끼어들지 말고 저리 비키거라. 아니면 너도 확 노예상에 팔아 버리는 수가 있어."

하며 파락호는 소녀를 밀쳤다. 소녀가 비명을 지르며 옆으로 꼬꾸라졌다.

파락호는 소녀에게 시선을 거두고 다시 소년에게 한 걸음 걸어갔다.

그런데 그때 넘어졌던 소녀가 파락호의 종아리를 부여
잡았다.

"이년이 그래도."

파락호가 발길질을 하며 소녀를 떨쳐냈다. 하지만 어느
새 소녀가 일어나 다시 파락호를 막아섰다.

"가만 보니 네년 미색이 나름 쓸 만하구나. 원래는 마음
이 없었다만 네가 계속 이리 나오니 나도 어쩔 수 없구나."

연고가 있는 아이를 거래하는 것은 뒤탈이 많아 웬만하
면 자제하는 일이었다.

하지만 소녀의 미색이 제법 쓸 만한데다 얼마 전부터는
이상하게 치안도 엉망이라 구태여 제 발로 찾아온 손님까
지 마다할 필요는 없어 보였다.

파락호는 주변 동료에게 눈짓을 보냈다. 소년이야 거지
와 다름이 없어 느긋하게 일을 처리해도 상관이 없으나 소
녀는 행색이 남루하지 않기에 최대한 빠리 끝내고 자리를
벗어나는 편이 좋았다.

파락호의 눈빛을 받은 동료들은 고개를 끄덕이며 소녀
를 애워쌌다.

동료들이 주변을 에워싸자 파락호가 곧 보쌈이라도 하
려는 듯 소녀를 치켜들었다

그런데 그때 2층에 있던 룬의 신형이 추락하듯 떨어지
며 그자의 손길을 막아섰다.

파락호가 그 여파로 삼보정도 휘청거리며 밀려났다.

"네놈은 또 뭐냐."

파락호가 조금만 눈썰미가 있는 자였다면 룬이 입은 옷
이 화려하지는 않으나 굉장히 좋은 재질의 옷이라는 것을
눈치 챘을 것이었다.

또한 옷으로 가려져 있지만 좌측부근에 검이 매달려 있
는 것도 알아 차렸을 것이다.

"나참 오늘 이거 재수가 없으려니까 원, 시덥잖은 놈들
이 방해를 하고 지랄이여."

파락호들은 법이나 뒤에 있을 일 같은 것은 잘 생각하지
않는 편이다. 때문에 눈앞의 상대가 만만하면 바로 어깨를
치켜 드는 것이고 상대가 강해보이면 자세를 낮출 뿐이었
다.

그런 면에서 룬은 조심할 필요가 없는 만만한 상대일 뿐
이었다.

파락호는 주변 동료에게 다시 눈짓을 보냈다. 무언의 눈
빛을 받은 파락호동료들은 네 방향으로 룬을 둘러쌌다. 그
리고 누가 먼저라고 할 것없이 룬을 덮쳤다.

퍽퍽퍽퍽-.

정확히 네 번의 타격음이 들렸다. 그리고 거의 동시에
네 명의 파락호가 허벅지, 복부, 옆구리, 머리를 각각 부여
잡으며 바닥에 쓰러졌다.

순식간에 동료가 쓰러지는 것을 본 파락호는 벙찐 얼굴로 룬을 멀뚱히 바라보았다.

"귀, 귀하는 누구십니까?"

순식간에 댁에서 귀하로 승급한 룬이었다.

룬은 주눅이 들어 있는 파락호를 보며 문득 재미난 생각이 들었다.

"누구긴, 네 놈들을 접수하러 온 해달파 룬페이지이다."

"해달파? 그게 어디 있는 거요?"

당연히 들어볼 리 만무했다. 방금 룬이 막 지은 이름이니 말이다.

파락호의 대답에 돌연 룬이 검을 뽑아 파락호를 향해 마구잡이로 휘둘렀다. 엄청나게 빠른 검놀림에 파락호는 넋을 잃었고 어느 순간 목에 차가운 느낌이 전해져 눈알을 내리니 검끝이 자신의 목에 닿아 있는 것이 보였다.

"해달파를 모른다고?"

"그, 그럴리가요. 해달파의 명성은 익히 들어 알고 있습죠. 헤헤."

룬은 검을 거두었다. 그리고 어울리지 않는 근엄한 말투로 파락호에게 말했다.

"앞으로 이 구역은 내가 접수한다. 다음부터 내 눈에 띠거들랑 그때는 목이 날아갈 줄 알거라."

"여부가 있겠습니까."

뒷골목에서는 주먹이 법이었다. 해월이건 뭐건 상대방
이 자신보다 강하니 일단은 룬의 말이 법인 것이었다.

"썩 꺼저라."

파락호가 동료들의 엉덩이를 툭툭쳤다. 쓰러져 있던 동
료들이 언제 그랬냐는 듯 벌떡일어나더니 도망치는 술집
을 벗어났다.

그들의 뒷 모습을 보며 룬이 킥킥 거리며 속으로 웃어댔
다.

파락호들의 모습이 완전히 사라지자 거한이 느릿한 걸
음으로 룬에게 다가왔다.

"해달파라. 갑작스럽게 지은 이름치고는 거창한 이름이
군요. 아무튼 도움을 주셔서 감사합니다."

"저 아이가 당하고 있는데 어째서 보고만 있던 겁니까?"

룬이 보기에 거한정도라면 이정도 파락호는 쉽게 이길
수 있을 것처럼 보였다. 그런데도 상황을 관망만 한 것은
이해하기 힘든 일이었다.

"막 나서려던 참에 룬페이지라는 협객이 나타나 기회를
놓친 것 뿐입니다."

거한의 말에는 웃음기가 섞여 있어 진실된 것처럼 보이
지는 않았다.

"아무튼 도와주셔서 고맙습니다. 애니야 가자꾸나."

소녀가 거한 옆으로 쪼르르 달려와 옆에 철썩 붙었다.

소녀는 룬에게 고맙다는 말을 남기고 거한과 함께 술집을 벗어났다.

술집에 나온 거한과 애니는 한참동안 이나 말없이 걸어갔다.

그러다 거한이 넌지시 입을 열었다.

"상대는 험악한 파락호였다. 어째서 연약한 몸으로 나선 것이냐."

"……"

"네 처지가 떠올라 그랬던 것이냐?"

"……"

"왜 말이 없느냐. 내가 보고만 있어 서운했던 것이냐?"

"아닙니다. 애드워드님께서 제 목숨을 구해주셨는데 어찌 서운한 마음이 있겠습니까. 다만, 제 힘으로 아무것도 할 수 없는 것이 분하여 생각을 하고 있었을 뿐입니다."

"약하다는 것은 화나고 분한 것이란다. 그래서 세상이 변할 필요가 있는 것이야. 약자도 웃고 행복할 수 있는 세상을 만들기 위해서."

애드워드는 잠시 발을 멈추고 방금 나왔던 술집을 돌아보았다.

"그래도 마음속에 협이 아예 없지는 않은 모양이구나."

뜻 모를 말을 중얼거린 애드워드는 다시 발걸음을 재촉했다.

파락호를 정리한 룬은 쓰러져 있는 아이를 내려다 보았다. 아이는 몸을 부르르 떨고 있었으나 의식은 없는 상태였다. 여기저기 난 상처나 출혈량으로 보아 그대로 나두면 죽을지도 모를 것 같았다.

룬은 가진 면수건으로 아이의 피를 닦은 후 부축하여 2층으로 데리고 올라갔다.

"더럽게 그 아이는 왜 데리고 올라왔어요?"

"그냥 두면 죽을 지도 모릅니다."

"누군가 알아서 의관에게 데려가겠죠."

"그 누군가가 우리라서 나쁠 건 없죠. 좋게 생각하세요. 공주님께서 언제 이런 아이를 구해보겠습니까."

말을 하면서 룬은 의자를 붙여 아이를 눕혔다. 그리고 품에서 단도 하나를 꺼냈다. 스엣이 선물로 준 단도였다.

룬은 단도로 팔에 난 아이의 상처를 도려냈다.

"왜 상처를 칼로 도려내나요?"

"이전에 났던 상처같은데 주위가 썩어가고 있어 도려낸 겁니다."

애슐리 공주는 징그러워하면서도 룬이 상처를 도려내는 것을 쭈욱 지켜보았다.

"단도가 참 특이하네요."

단도는 보통의 것보다 얇은 데다 끝이 반월도처럼 휘어

져 있었다. 검병은 거의 칼날만큼이나 길었고 회오리 문양
이 새겨져 있었다.

"이리 줘봐요."

마침 상처를 다 돌여냈기에 룬은 단도를 애슐리 공주에
게 주었다.

"귀중한 거니 조심이 다루세요."

"알았어요."

룬은 상처난 부위를 다시 천으로 동여맸다.

룬이 다시 고개를 들었다. 애슐리 공주가 단도를 휙휙
돌리며 가지고 놀고 있었다.

"아무래도 지금 당장 의관에게 가야할 거 같습니다."

"나 참 정말 귀찮게. 당신 혼자 가세요. 저는 그냥 왕궁
으로 돌아갈테니."

"알겠습니다."

룬이 자리에서 일어났다. 그리고 애슐리 앞으로 손을 내
밀었다. 단도를 달라는 뜻이었다. 그러자 애슐리가 단도를
옆구리로 가져갔다.

"다음에 드릴게요."

"알겠습니다. 저에게 귀중한 것이니 꼭 돌려주십시
오."

룬은 아이의 상태가 생각보다 위중하여 괜한 실랑이를
벌이고 싶지 않았다.

"알았어요."

❖

"그러니까 해달파라는 듣도보도못한 곳에서 룬페이지라놈이 나타나 깽판을 치고 갔다는 이 말이지?"

케틀리아파의 대장 카를로가 말했다. 어디나 그렇듯 음지에서 생활하는 파락호무리가 있기 마련이고 그건 왕국에서도 치안이 으뜸인 이 요틀구역에서도 마찬가지였다.

"예. 형님."

얼굴에 흉터가난 파락호가 대답하자 카를로가 가까이 오라는 손짓을 했다.

"왜 그러시는 지……."

순간 파락호의 눈에 별이 번쩍였다. 카를로가 솥뚜껑만한 손바닥으로 파락호의 귀싸대기를 갈긴 것이다.

"아그야. 너 해달파라고 들어봤냐?"

카를로가 고개를 돌려 행동대장인 포샤에게 말했다.

"못 들어 봤습니다."

"그럼 룬페이지라는 놈은?"

"그도 못들어 봤습니다."

까를로가 다시 흉터가 난 파락호에게 시선을 돌렸다.

"네가 왜 맞았는지 알겠지. 어서 듣도보도못한 놈에게

당하고 기어들어오긴 기어들어와. 나가 이새끼야."

"그게 아닙니다. 정말 엄청난 놈이었습니다. 팔을 한번 움직이니 애들이 휙휙 나가떨어지는 게 예사놈이 아닙니다."

"됐고. 아무튼 우리에게 도전을 해온놈이니 그냥 둘수는 없지. 아그야, 애들 불러 모아라."

"어떻게 하시려고요?"

"어떻게 하긴? 도전을 했으니 받아 들여야지."

"어디 있는지 알고요?"

카를로가 다시 파락호의 머리를 사정없이 후려갈겼다.

"우리파를 접수하러 왔다며? 그럼 거서 나타나겠지. 뭐하냐 어서 애들 부르지 않고."

❖

명왕 애드워드. 10년전 내륙에 나타나 용병으로 활동하던 그는 눈에 띄는 거구에 뛰어난 실력으로 단숨에 용병왕의 자리를 차지했다. 그가 가는 곳마다 항상 피가 난자했기에 패왕이란 별호가 그의 뒤를 따라다녔다.

하지만 그의 손에 묻힌 피는 부패한 관리, 혹은 타인에게 해가되는 존재들의 것이었기에 사람들은 그를 패왕에서 다시 명왕으로 부르기 시작했다.

명왕. 악을 물리치나 결코 천사의 모습을 하지고 있지 않은 그와는 정말이지 잘 어울리는 명칭이었다.

그런 그의 옆에는 그와는 전혀 상반되는 작은 소녀가 껌딱지처럼 찰싹 붙어 있었다.

"그 아이는 누군가?"

바르테오의 물음에 애드워드가 소녀에게 시선을 돌렸다.

"오다가 만난 아이일세. 눈빛이 마음에 들어 데리고 왔지."

바르테오가 허리를 숙여 소녀와 눈을 마주쳤다. 소녀는 애드워드의 손을 꼭 잡으며 그 시선을 마주 받았다.

"이름이 무엇이냐?"

"애니입니다."

"애니라? 누가 지어준 이름이더냐?"

애니그 애드워드의 얼굴을 올려다 보았다.

"끌끌. 명왕이라는 소리를 듣는 작자의 머리에서 나온 이름치고는 꽤 그럴 듯 하군."

바르테오가 허리를 숙인 상태에서 고개만 돌려 애드워드를 보았다.

"나와 명왕은 어울리지 않아. 그저 내 커다란 덩치를 보고 떠들기 좋아하는 사람들이 붙여준 불편한 칭호일 뿐이지."

"아무렴 아무리 호사가들이라고는 하지만 그저 커다란 덩치만 보고 그런 칭호를 붙여 줬겠는가? 내 볼 때 자네는 명왕이란 칭호가 아주 잘 어울려."

말을 하며 바르테오 애니의 볼을 꼬집었다.

"우리는 더 할 이야기가 있으니 저 안에서 잠시 쉬고 있겠니?"

애니가 고개를 끄덕이며 바르테오가 가리킨 곳으로 들어갔다.

"좋은 눈빛을 가진 아이야. 눈치도 제법이고."

"사람 보는 눈이야 자네보다는 내가 더 좋았지."

애드워드가 바르테오의 말을 받으며 애니가 들어가는 것을 끝까지 보았다.

"오다가 자네가 전서구로 말한 그 자를 보았네."

"어떻든가?"

"강한지, 약한지. 선한지, 악한지. 알 수 없는 청년이었네."

애드워드가 바르테오를 뚫어지게 보았다.

"그자를 끌어들이고 싶은 게로군. 단순히 불의 힘을 빌리는 것으로 그치는 게 아니라."

바르테오는 부인하지 않았다.

"그자는 자네와 비슷한 사람이지. 겉으로는 다 드러난 것처럼 보이지만 사실 속에 무엇이 들었는지 전혀 알 수 없는 것처럼 말이야. 자네의 판단은 늘 옳았지만 이번만은 다시 생각해 보는 게 좋을 걸세."

"내가 그를 거둘만한 그릇이 아니라고 말하고 싶은 게 로군."

"자네와 뜻을 같이 할 만한 인물이 아니라는 소릴세."

"처음 테르난도가 나에게 왔을 때도 나와는 뜻이 다른 아이었지. 트라울라는 성정이 고약하고 주먹이 먼저 앞서 는 아이라 역시 우리와는 어울리지 않는 아이지. 허나 그 들은 지금 나와 함께 있고 같은 뜻을 가지고 있네. 뜻을 펼 치는 방법이 나와는 조금 다를 뿐이지만 말이야."

그 말에 애드워드가 씨익 웃었다.

"자네의 고집이야 호랑이가죽보다 질기니 내 말릴 수 없는 일이겠지. 그저 친구로서 한 마디 해주자면 그는 다 른 건 모르겠지만 최소한 가슴 한켠에 협을 담아둘 수 있 는 여유를 가진 사람이라는 것일세."

바르테오도 애드워드를 따라 같이 웃었다.

"오랜만에 만났으니 복잡한 이야길랑 접어두고 술이나 거하게 마시세."

다음날 룬이 애슐리를 만나 단도를 달라 말했더니 그녀

왈. "단도는 어제 그 술집에 두고 왔어요."하는 무책임한
말을 하였다.

룬은 사절단 일정이 끝난 저녁 무렵 궁시렁거리며 어제
갔던 술집으로 발을 옮겼다.

술집에 당도한 룬은 조금 이상한 느낌을 받았다.

'손님이 많은 거야 알겠는데 하나같이 이상하단 말이
야.'

술집을 가득 매운 사람들이 하나같이 덩치가 우락부락
하고 흉터 하나쯤은 기본으로 가지고 있는 사람들이라면
누가 이상하게 생각할 것이다.

주변 분위기야 어쨌든 룬은 단도만 얻으면 그 뿐이기에
주인장에게가 어제의 자초지종을 설명했다.

그러자 주인의 얼굴에 놀람과 두려움이 동시에 떠올랐
다. 룬이 왜 그러냐고 묻자 단도는 자신에게 없다며 슬그
머니 자리를 벗어났다.

룬이 주인장의 태도에 의아해 하고 있는 가운데 어디선
가 커다란 외침 소리가 들려왔다.

"저놈입니다."

룬은 소리가 난 쪽으로 시선을 돌렸다. 덩치가 산만한
파락호같이 생긴 놈이 다가오고 있었다.

"네가 룬페이지라는 놈이냐."

"룬페이지?"

가만 생각해 보던 룬은 어제의 일이 떠올랐다.

"맞긴 맞는데. 그게 어떻게 된 거냐 하면…."

"됐고. 이걸 찾는 거냐?"

카를로가 스엣이 준 단도를 빙빙 돌리며 위협적인 동작을 취했다.

"감히 우리구역을 삼키겠다고?"

"뭔가 오해를 한 모양인데 나는…."

"오해는 무슨. 꼴리면 애초에 도발을 하지 말았어야지. 애들아 손님 모셔라. 특별 손님이니 아주 귀중이 모셔야 된다."

카를로가 한 발 뒤로 물러나자 술집을 장악하고 있던 수십명의 파락호들이 일제히 룬을 조여왔다.

"하. 참."

룬은 난감하지 않을 수 없었다. 물론 정식으로 수련도 하지 않은 파락호들이야 몇 명이 있든 무서울 건 없었다. 다만 쓸데없는 분쟁이 일어나는 것을 원치 않을 뿐이었다.

"좋아. 네 놈이 대장이냐?"

룬이 한 발 뒤로 물러선 카를로를 보며 조금 크게 말을 했다.

"보면 모르냐?"

"이렇게 하자. 내가 십분 내로 네 손에 들어 있는 단도를 취하면 내가 이기는 거고 아니면 지는 거다."

"뭐 좋을대로 해라."

카를로에게는 크게 상관이 없었다. 어차피 묵사발을 내버리면 관에 들어가야 하니 십분은커녕 평생이 지나도 단도를 빼앗을 수 없을 일이었다.

"좋아. 그럼 시작한다."

말과 동시에 룬이 자리를 박차고 뛰어 올랐다. 그리고 앞에 있던 파락호의 머리를 밟고 한 번, 그 뒤에 있던 파락호를 밟고 또 한 번 도약했다.

둘은 두 번의 도약으로 카를로의 앞까지 당도했고 그가 들고 있던 단도를 낚아 챈 다음 공중제비를 하며 착지했다.

카를로는 멍하니 룬을 바라보고 있다 이내 소리쳤다.

"뭐해 새끼들아. 놈을 잡아."

"이런. 역시 약속을 지키지 않는 놈들이네."

룬은 예상이라도 한 것인지 곧바로 싸울 태세를 갖추었다. 파락호들은 룬의 신위를 봤음에도 수적 우위를 때문인지 전혀 위축 되지 않았다.

파락호들이 먹이를 노리는 오우거떼처럼 룬의 곁에 슬금슬금 다가왔다.

❖

신디아는 국왕전하인 자신의 아버지에게 청천병력과도 같은 말을 들었다. 더 이상 신분을 속이고 아카데미생활을 하지 말라는 것은 물론 공식석상에도 나와 자리를 빛내라는 것이었다.

원래라면 신디아의 아양에 금세 뜻을 거두었겠지만 브농 후작의 일 때문인지 쉬이 신디아의 말을 들어주지 않았다.

결국 신디아는 조만간 만천하에 공주의 신분을 알려야하는 신세가 되었다.

"하－."

신디아가 한숨을 푹 쉬었다. 그 모습을 본 에일리아가 뭐가 좋은지 깔깔 거리며 웃어댔다.

"축하해. 드디어 너도 무거운 족쇄를 달게 되었구나."

"놀리지 마. 죽을 맛이니까."

"그럼 아카데미는 어떻게 할 거야?"

"모르겠어. 아마 아카데미 생활은 접고 왕실에서 교육을 받아야겠지."

"이런… 난 네가 아카데미생활을 꽤 즐거워 한 걸로 보았는데."

"즐겁긴 했지. 근데 그건 평범한 신디아일때나 그렇겠지."

"너무 풀 죽어 있지 마. 우리 나갈까?"

"어딜?"

"어디든. 왕궁으로 들어가면 나오기 힘들잖아. 즐길 수 있을 때 하루라도 많이 이 자유를 만끽해야지."

"그럴까?"

신디아의 얼굴이 장난기 많은 소녀의 것처럼 변했다.

그리하여 신디아, 아니 이자벨리아와 에일리아는 바르텐시내로 나왔다.

하지만 막상 시내로 나왔지만 딱히 갈 곳은 없었다. 고기도 먹어본 놈이 맛을 안다고 자유와 거리가 먼 그녀들이었기에 어디로 가야 할지를 몰랐다.

"하암. 잔소리 안하는 누가 길안내를 해줬으면 좋겠는데."

"그러게 말이야."

"그건 그렇고 요새 오라버니랑은 어때? 통 만나는 것 같지 않던데."

"그냥 뭐…."

에일리아가 말끝을 흐렸다.

"왜? 싸우기라도 했어?"

"아니 그런 건 아닌데……."

"아닌데?"

"그냥 요새 바쁘셔서 자주 못 만났거든."

"하긴, 요새 사절단이 와서 바쁘긴 하지. 듣자하니 그 공주의 성격이 장난이 아니라던데. 너는 직접 봤을 거 아니야. 어때?"

에일리아는 애슐리 공주를 떠올렸다.

"소문하고 크게 다르지 않더라."

"그래? 오라버니가 그 여자를 상대하느라 고생이 많겠네. 힘들더라도 네가 잘 좀 챙겨줘."

"어."

대답을 하는 에일리아의 얼굴에 어딘지 수심이 느껴졌다.

"왜 그래? 정말 무슨 일이 있는거야?"

"아니야."

아니라고 말은 했지만 십년지기인 신디아는 무슨 일이 있을 거라 단정지었다. 그리고 아마도 그것은 자신의 오라비와 관련된 일이라 생각했다.

"난 네가 오라버니의 배필이라는 것이 참 좋아. 어디하나 기울어지는 집안이 있는 것도 아니고 누구나 부러워할 만한 짝이잖아. 무엇보다 우리 같은 처지에 서로 좋아 하는 사람과 혼인을 할 수 있다는 게 얼마나 다행이야."

"그래. 그렇겠지. 근데 말이야, 너는 만약 네가 좋아하는 사람과 집안에서 정해준 사람이 다를 경우 어떻게 할거야?"

"갑자기 그건 왜 물어?"

"아니, 그냥."

"흐음. 글쎄. 그럴 일은 없어야겠지만 그건 그 상대방을 얼마나 좋아하느냐에 따라 다르지 않을까? 집안끼리 정해놓은 혼사를 거절하는 건 내가 누리고 있던 것들을 포기해야 하는 일일지도 모르잖아. 그러니 그걸 감수할 만큼 좋으면 그 사람을 택하는 것이고 아니면 집안끼리 정해준 사람을 택해야겠지."

"그러니까 어쨌든 그만큼 좋아하는 사람이 나타나면 그리 할 수 있다는 거네?"

"뭐 그렇지. 근데 아바마마께서는 내가 좋다는 사람은 본인도 좋아하실 거야. 그러니까 그럴 일은 없을 거야."

에일리아는 혼사문제에 있어서 만큼은 그게 아니라고 말하고 싶었지만 신디아의 얼굴에 확신이 있어 구태여 그 말을 하지는 않았다.

어느덧 그녀들이 바르텐 시내를 나온지도 한시간여가 지났다. 그녀들은 여전히 정처없이 시내를 돌아다녔다. 딱히 신나는 일은 없었지만 그냥 시내를 활보하는 것 자체가 나름의 재미가 있었다.

"이럴 때 룬님이 있었으면 좋았을 텐데."

신디아가 말했다.

"그분은 왜?"

"그냥. 재미있고 곁에 있으면 편하고 좋아."

"그 사람은 네가 공주라는 걸 알고 있잖아."

"그래도 별로 상관없어. 이상한 일이야. 그 사람 옆에 있으면 괜히 기분이 좋고 아무튼 그래."

그 말을 들을 에일리아의 얼굴이 기묘하게 변했다.

"그건 연회장에서의 일 때문이 아닐까. 어찌됐건 일종의 빚을 진 셈이니 그럴 수도 있잖아."

"글쎄. 그럴지도 모르지."

둘이 대화를 하고 있는 데 와장창하고 어디선가 치고박는 소리가 들렸다.

둘은 시선을 한 번 주고받더니 바로 그곳으로 달려갔다.

그녀들은 한 남자가 무리에 둘러싸여 싸움을 벌이고 있는 것을 목격하게 되었다. 그리고 그 한 남자가 룬이라는 사실에 그녀들은 약속이라도 한 것처럼 싸움에 뛰어들었다.

❖

술집 안은 그야말로 난장판이었다. 수십명의 파락호들이 피를 흘리며 쓰러져 있었고 테이블이며 의자며 할 것 없이 기물들은 파손되어 원래의 형체를 간직하고 있는 건 몇 개 되지 않았다.

그 사이에 한 명이 무릎을 꿇고 앉아 있었고 그 앞으로

는 왜소한 사내 한명, 그리고 어여쁜 여인 두 명이 서 있었
다.

"헤헤. 제가 귀인을 몰라 뵙고 무례를 저질렀습니다."

카를로가 딴에는 분위기를 전환하고자 실실거리며 말했
다.

"그러기에 내 말을 들었어야지."

"소인같이 멍청한 놈이 뭘 알겠습니까. 그저 목숨만 살
려주신다면 평생을 형님으로 모시겠습니다."

"됐고. 돈이나 있으면 좀 내나봐."

"돈은 왜?"

눈치를 보던 카를로는 룬이 위협적인 눈빛을 보내자 바
로 꼬리를 내리고 품에서 돈이 든 뭉치를 꺼냈다. 모두 금
화로 된 것으로 일개 파락호가 들고다니기에는 꽤 많은 액
수였다.

"얼마 안 됩니다. 저희 아지트로 가시면 이보다 훨씬 많
은 양의 금화가 있으니 그리로 가시지요."

룬은 카를로의 말을 무시한 채 주방안으로 뚜벅뚜벅 들
어갔다. 주방안에는 주인장이 몸을 벌벌 떨며 신음을 흘리
고 있었다.

주인장은 정말이지 죽을 맛이었다. 무서운 것도 무서운
것이지만 가게가 풍지박살이 났으니 당분간 장사는 어림
도 없었다.

무리하게 빛을 내어 시작한 장사였기에 이대로 폐가망신을 하는 건 아닌가 하는 무서움이 더욱 크게 자리했다.

그런데 그때 룬이 들어와 돈뭉치를 던저 주는게 아닌가.

"받으쇼. 수리비는 될 거요."

주인장은 벌벌 떨면서도 안을 열어 얼마나 있는 지 확인해 보았다.

그리고 뭉치 안에 금화가 가득한 것을 본 그는 언제 그랬냐는 듯 얼굴에 웃음꽃이 활짝 피었다.

"아이고 감사합니다요."

주인장은 이 사단을 만든 장본인이 룬이라는 것도 잊은 채 넙죽 절을 하였다.

룬이 주방을 나가니 카를로와 두 여자가 이야기를 하고 있는 게 보였다.

내용을 살펴보니 어째서 삼엄한 경비들 사이에서 파락호가 이렇게 활개를 치고 다닐 수 있는지에 관한 것이었다.

"언젠가부터 순찰을 도는 경비병이 없는 건 물론이고, 돈만주면 범죄를 저질로도 그냥 빼주는 게 일쑤란 말이지?"

"예."

"이상한 일이군요. 요틀구역은 토레논 공작님 다음으로 사병의 수가 많은 헤지스 백작이 다스리는 곳이라 치안이 다른 곳보다 훨씬 좋은 곳으로 알고 있는데요."

어느새 다가온 룬이 말했다.

"확실히 이런 사단이 난지 벌써 꽤 오랜 시간이 지났는데도 아직 경비병이 나타나지 않는 것을 보면 이상한 일이기는 하군요."

룬이 주위를 둘러보았다. 싸움의 여파로 주위는 개미새끼 한 마리보이지 않았다.

"경비대를 마냥 기다릴 수만은 없는 노릇이고 제가 가서 그들을 불러오겠습니다."

파락호들은 이미 쓰러져 있는 상태였다. 게다가 그녀들의 검술 실력이라면 파락호들이 멀쩡했다 하더라도 큰 위험은 없었을 터였다.

"그렇게 하세요."

룬은 경비대로가 이 상황을 알렸다. 경비대에서 경비병을 몇 명 추려 룬을 따라갔다. 그리고 쓰러져 있는 파락호들과 카를로를 포승줄로 묶어 경비대로 압송했다.

상황이 모두 해결 되자 룬은 문득 그녀들이 왜 이곳에 있는지가 궁금해졌다.

"그런데 어째서 이곳에 계신 겁니까? 설마 제 위험을 느끼고 구하러 오신 건 아닐테고."

그러자 신디아가 자초지종을 설명했다.

"아. 그런 일이 있었군요."

"아무튼 이곳에서 우연이 룬님을 보다니 인연은 인연인 모양이에요."

"확실히 그렇긴 하군요."

"어디 가실 데라도 있으신가요?"

"아니요. 딱히 없긴 합니다만."

"그럼 잘됐네요. 저의와 함께 다녀요. 사실 어디로 가야 할지 몰라 길거리만 헤매고 있었거든요."

"그럼 그럴까요? 하지만 기대는 하지 마세요. 저도 이곳 지리는 잘 몰라 좋은 데가 어딘지 모르거든요."

"괜찮아요."

이리하여 룬은 신디아와 에일리아의 일행에 포함되었다. 하지만 이미 말했듯 룬도 이곳 지리는 몰라 그녀들이 왔던 곳을 답습할 뿐이었다.

신기한 것은 분명 방금 왔던 그 길이었지만 이상하게 모든 게 새롭고 재미가 있다는 것이었다.

"저기 장신구를 파는 곳이 있네요. 저기 한 번 가봐요."

룬은 그녀들을 이끌고 장신구를 파는 노점상으로 갔다. 1평 남짓한 자리에 장신구들이 즐비했다. 하지만 그녀들의 평소 하고 있는 것에 비해서는 너무나 초라한 것들 뿐이었다.

"이런 곳에 오면 꼭 필요하기 보다는 그냥 기분을 내기 위해 사는거예요."

그것을 알기에 룬도 말을 덧붙였다.

룬은 본인이 마음에 드는 귀걸이를 하나 구입했다. 스엣을 위한 것이었다.

"누구 줄 사람이 있나보죠?"

"예."

하며 룬이 귀걸이를 품에 넣었다. 신디아가 그것을 빤히 바라보았다. 눈치를 살피던 룬이 머리핀 하나를 짚어 들었다.

"신디아님에게는 이게 어떨지요?"

신디아에게는 이곳에 있는 장신구들보다 훨씬 화려한 것들이 수두룩할 것이었다.

머리핀이야 머리를 고정하는 데 쓰이고 잘 보이지도 않기 때문에 다른 장신구들에 비해 쓰임새가 있을 것 같다고 생각했다.

"머리핀이네요?"

신디아가 머리핀을 받았다. 그리고 뒷 머리를 잘 다듬은 다음에 머리핀으로 고정시키려 했다. 하지만 스스로 머리를 정리해 본적도 별로 없고 뒷머리 쪽이라 잘 되지 않았다.

"이리 줘보세요."

룬이 머리핀을 도로 가져왔다. 그리고 신디아에게 머리를 손으로 잡고 있으라고 말한 뒤 머리핀으로 고정시켜주었다.

"와, 잘 어울리시네요."

길게 늘어뜨린 머리를 조금 정리한 것 뿐인데 확연히 다른 분위기가 연출 되었다.

'이래서 여자는 조명빨, 머리빨, 화장빨이라고 하는 말이 나온 건가.'

"남자친구분이 센스가 좋으시네요."

주인장이 거들었다. 이 타이밍에 이런 말을 해주면 대부분 사간다는 것을 경험으로 터득한 것이었다.

"남자친구 아니에요."

거의 동시에 나온 말이었다.

"에구. 제가 실수를 저질렀네요. 두분이 너무 잘어울리시는 바람에."

"괜찮아요. 호호. 이거 주세요. 아니, 저것도 괜찮네요. 저것도 주세요."

뭐가 그리 신나는 지 만면에 웃음을 띤 신디아가 별로 필요도 없는 다른 장신구까지 몽땅 사버렸다.

"너는 안사니?"

에일리아에게 물었다.

"나는 집에 이런 것들보다 좋은 게 훨씬 많이 있어."

왜인지는 모르겠지만 조금 퉁명스러운 대답이었다.

장신구를 산 일행은 다시 바르텐시를 활보했다. 신디아의 마지막 자유를 안 것인지 마침 길거리 연극을 하고 있

었다. 일행은 오래 걸어 다리도 아픈김에 연극을 보기로
했다.

－공주, 당신과 결혼 할 수 없어요.

－왜죠. 내가 공주이기 때문인가요?

－그렇습니다. 우리의 앞에는 볼텐성보다 견고한 장벽이
가로 막고 있습니다. 저는 그 장벽을 뛰어넘을 자신이 없
습니다.

－당신은 바보군요. 당신이 뛰어넘을 수 없다면 내가 내
려가겠어요.

－오. 공주님, 제발 저 하나 때문에 부디 그러한 선택을
하지 마시옵소서.

연극 내용은 평범했다. 공주와 평범한 남자가 뜨겁게
사랑했지만 결국 신분의 벽을 넘지 못하고 남자는 죽고
공주는 원치 않는 사람과 결혼을 했다는 뭐 그런 내용이
었다.

연극을 다 본 신디아는 불쾌한 듯 자리를 털며 일어났
다.

"정말 수준 낮은 연극이야. 연극이라면 희망과 카타르
시스가 있어야지. 남자의 행동도 말이 안돼. 신분 때문에
공주는 안 된다면서 애이미랑은 왜 결혼을 했다니. 그녀
또한 귀족이라 신분이 다른 건 마찬가진데. 그렇게 일관성
없게 행동하니까 결국엔 죽게 된 거지."

"왜 그래? 그저 연극일 뿐이야. 등장인물들의 앤딩은 오직 작가에게 달린 거라고."

"넌 그래서 이 따위 연극이 재미있다는 거니?"

"난 재미있던데."

"네 수준이 이렇게 낮은 줄은 몰랐다."

신디아가 그를 끝으로 굳게 입을 다물었다. 둘의 대화를 지켜보던 룬의 얼굴에는 묘한 미소가 걸려 있었다.

"룬님은 왜 웃는 거죠?"

신디아의 음성에는 왜인지 가시가 돋혀 있었다.

"아니, 이렇게 얘기를 하시는 모습이 그냥 제 누이 같아서요. 공주와, 공녀라는 거창한 꼬리표만 빼면 정말이지 그 나이 또래에 여느 여자와 다름없네요."

"흠흠. 룬님 앞에서 실례를 범했군요. 오해하실까봐 말씀드리는 건데 이렇게 유치한 대화를 하는 건 흔치 않은 일이에요. 그렇지 에일리아?"

에일리아가 신디아와 룬을 번갈아가면서 보았다. 그리고 생긋 웃으며 대답했다.

"물론이지요, 공주마마."

대답을 하던 에일리아는 한 가지 의문이 들었다.

"그런데 룬님에게도 누이가 있으셨던가요?"

"친 누이는 아니고 그냥 오다가다 알게 된 동생들을 말한 겁니다."

"룬님은 루텐영지에서 쭉 지내시지 않았나요? 그쪽은 외진 곳으로 여인을 볼 일이 많이 없을 텐데요."

"평민여자들은 어딜 가나 있는 법이지요."

"아, 귀족을 말하는 게 아니었군요."

"룬님은 평민들과도 스스럼없이 지내셨나보네요?"

신디아가 헝클어진 머리를 동여매며 말했다.

"예. 저는 신분보다는 사람을 중요시 하거든요. 같이 있을 때 유쾌하고 저와 마음이 맞으면 친구를 하는 것이고, 아니면 마는 것이지요."

그 중에 한 명이 바로 토레논 공작이었다. 또 만약 이전의 몸으로 이들을 만났다면 어쩌면 친구가 되지 않았을까 하는 생각이 들기도 했다.

"하지만 자각하지 못했을 때는 몰랐는 데 신분이라는 족쇄가 생각보다 무거운 것이더군요. 요새는 이전처럼 행동하기가 힘이듭니다."

아이러니하게도 귀족이 아니던 잭스시절에는 오히려 귀족들을 거리낌 없이 대했다. 백작, 후작, 공작. 그러한 경계도 의미를 두지 않았다.

하지만 새로운 삶을 얻은 다음부터는 귀족의 꼬리표가 달렸고 그러다 보니 이전에는 전혀 신경 쓰지 않았던 것들을 신경써야 했다.

그 단예로 눈 앞에 두 여인을 둘 수 있다.

에일리아는 현재 공녀의 신분이다. 하지만 이전에 만났다면 그저 친구의 여식일 뿐이었을 것이다.

신디아는 어떤가? 물론 이전의 몸이었다면 만날 일도 없었겠지만 만약 만났다 하더라도 그저 묘령의 여인일 뿐 그 이상도 이하도 아니었을 것이다.

하지만 신분이라는 족쇄에 매달린 지금은 이전과 같을 수 없었다.

"확실히 바르텐으로 오시면서 많은 귀족들을 만나고 그러다 보면 루텐에 있을 때처럼 사람들을 편하게 대 할 수만은 없었겠죠. 하지만 저는 룬님이 처음 가졌던 그 마음을 잃지 않으셨으면 좋겠어요. 그런 면에서 우리는 친구가 맞는 거죠?"

"여부가 있겠습니까, 공주마마."

룬이 한껏 예를 차리며 너스레를 떨었다.

"아이참."

신디아가 볼멘소리를 하였다.

셋의 분위기는 제법 화기애애했다. 걷는 내내 이야기가 끊이질 않았고 웃음소리도 경쾌하게 흘렀다. 허나 어느 순간부터 룬이 고개를 숙이며 말없이 걷고만 있었다.

"무슨 생각을 그리 하시나요?"

에일리아가 묻자 룬이 미안한 얼굴을 한 채 고개를 들었다.

"파락호들을 생각하고 있었습니다."

"그러고 보니 어떻게 된 거에요? 무작정 돕고는 봤지만 이유도 모르고 있었네요."

"그게 어떻게 된 거냐면…."

룬이 파락호와 있었던 일을 얘기했다.

"사소한 장난이 그런 분란을 만들고 말았네요. 그래도 그 덕분에 파락호일당을 몰살시킬 수 있었으니 좋은 일 했다고 치면 되죠. 그런데 무슨 문제라도 있는 건가요? 혹시 그 귀중하다던 단도를 못찾으셨나요?"

"그건 아닙니다. 단도는 여기 있습니다."

룬이 보란 듯 품에서 단도를 꺼내 보여줬다.

"단지 석연치 않아서 그렇습니다. 요튼은 헤지스 백작이 관할하는 구역입니다. 헤지스 백작은 사병과 기사의 수가 왕국에서 제일가는 것으로 알려져 있습니다. 그런 요튼 지역에서 경비병하나 제대로 볼 수 없다는 게 이상해서 그럽니다."

바르텐은 왕국의 수도였고 그 중심에 왕궁이 있었다. 그리고 왕궁을 제외한 다른 곳은 총 12구역으로 나누어 각자의 영주들이 다스렸다.

그 중 왕국과 가장 인접한 지역이 토레논 공작이 다스리는 곳이었고 그 다음이 헤지스 백작이 다스리는 요튼이었다.

"흐음. 확실히 이상한 일이기는 하죠. 하지만 아무리 병사가 많은 곳이라고는 하나 일시적으로 부족할 때는 있기 마련이죠. 가령 몬스터토벌에 나간다거나 아니면 다른 구역에 지원을 나간다거나 하는 것들이요."

"지금은 분란의 시기가 아닙니다. 병력이 지원을 갈 필요도 없을뿐더러 인근에 몬스터를 토벌할 곳도 없죠. 혹여 아시는 게 있습니까?"

'분란은 오고 있다. 하지만 이를 아는 건 나를 비롯해 몇 명 되지 않을 터인데. 분란을 대비하는 게 아니라면 대체 그 많은 병력을 어디에 쓰고 있는 것일까.'

룬이 생각하고 있는 사이 에일리아가 대답했다.

"글쎄요."

룬이 신디아에게 눈빛을 보냈다.

"영지를 다스리는 건 영주의 고유권한이에요. 그건 국왕전하라 하더라도 간섭할 수 없는 거죠. 자신의 사병을 어디에 쓰고 있는지는 오직 그만이 알고 있는 일이겠죠."

"하긴, 그도 그렇군요. 그러고 보니 제가 왜 쓸데없이 남의 영지를 걱정하고 있는지 모르겠네요."

룬이 무거운 표정을 거두고 다시 밝은 얼굴을 하였다. 셋은 다시 걷기 시작했고 이전처럼 유쾌한 대화가 이어졌다. 룬은 왕궁으로, 그리고 신디아와 에일리아는 아카데미로 돌아갔다.

룬은 에일리아를 떠올렸다. 술집에서의 일이 있은 후, 다시 만날 때 굉장히 어색할 줄 알았는데 신디아가 옆에 있어서 그런지 다행히 많이 어색하지는 않았다.

오히려 맨처음 만났을 때처럼 편한 마음으로 그녀를 볼 수 있었다.

이상한 것은 자신을 차갑게 대하던 그녀가 왜 갑자기 태도를 바꾸었나 하는 것이었다.

'역시 그 때의 일로 나에게 빚을 지고 있다 생각하기 때문인가?'

룬으로써는 그렇게밖에 생각할 수 없었다. 물론 에일리아가 룬을 다시 편하게 대하려고 한 건 그 이전의 일이었지만 룬은 그런 세세한 것까지는 신경 쓰지 못했다.

❖

숙소로 돌아온 룬은 문턱 즈음에 쪽지하나를 발견했다.

-오늘 밤 10시. 우리가 이곳에서 처음 만났던 장소에서 봅시다. S

누가 남긴 건지 출처를 알 수 없는 쪽지였다. 왼손으로 쓰여졌기에 필체도 알아 볼 수가 없었다. 하지만 룬은 누가 보냈는지 짐작이 되었다.

룬은 10시에 맞춰 브니에르연회장으로 나갔다. 그곳에서 대략 10분정도 기다리자 마침내 쪽지의 주인이 나타났다.

"다행이에요. 혹시 쪽지를 못 받거나 이해하지 못하면 어떻게 하나 걱정했는데."

스엣은 얼굴이 들어나지 않는 로브를 입고 있었다.

"날 너무 과소평가하는 군. 우선 자리를 옮길까?"

"그러는 게 좋겠어요."

둘은 인적이 없고 바위들이 솟아 난 공터로 자리를 옮겼다.

"무슨 일이 있는 거야? 위험을 무릅쓰면서까지 쪽지를 보내고."

"아무래도 브라운댄 백작이 오라버니를 의심하기 시작한 거 같아요. 그는 독사 같은 자예요. 한 번 물면 놓치는 법이 없죠. 다행히 이곳은 제국이 아니니 그의 곁에서 멀어진다면 그도 어쩔 수는 없을 거예요."

"흐음. 역시 아틀란드와의 대결 때문인가?"

"그 이유가 가장 크겠죠. 그렇지 않다면 한낱 아카데미생에게 그렇게 신경을 집중하지는 않았을 테니까요."

"경솔했군. 경솔했어. 복수심에 눈이 멀어 냉정함을 잃다니."

"자책하지 마세요. 그런 상황에서 냉정을 유지할 수 있는 사람은 얼마 없을 거예요."

스엣은 바위위로 올라가 하늘을 향해 팔을 벌렸다. 그리고 크진 않지만 시원한 소리를 내었다. 룬도 스엣의 옆에 따라 올라가 양팔을 벌렸다.

"이게 뭐하는 거야?"

"자책을 털어 버리라는 의미죠."

스엣의 배려에 룬이 기분좋게 웃었다.

"하지만 이런 건 필요 없어. 어차피 지나간 일이야. 자책하지 않는다고."

룬이 팔을 내렸다.

스엣도 따라서 팔을 내렸다.

"그리고 그자가 나를 의심한다고 해서 뭘 알아낼 수 있겠어. 걱정할 거 없다고."

"그렇다고 구태여 위험을 감수할 필요는 없잖아요."

"그렇긴 하지만."

"오라버니는 왕국을 위해 무언가를 하고 싶은 건가요?"

스엣이 바위에서 내려왔다. 그리고 룬을 응시했다.

"딱히 그런 건 아닌데."

"그럼 뭐가 문제에요?"

"약속을 했어."

"그럼 약속을 한 자한테 말하세요. 의심을 받고 있어 위험하니 더는 힘들겠다고."

룬이 스엣을 빤히 보았다.

"내가 그렇게 걱정돼?"

"예."

"내가 걱정을 시킬만큼 그렇게 약해보이나?"

"그런 얘기가 아니잖아요."

스엣이 앙칼진 표정을 지었다.

"흐흐. 알았어. 네 말대로 할게."

그 말에 스엣이 바위에서 내려와 룬의 손을 잡았다.

"약속이에요?"

"그래."

룬과 스엣이 약속의 의미로 새끼손가락을 걸었다.

"묻고 싶은 게 있었어."

"뭔데요?"

"너와 헤어지고 오다가 유렌이란 자와 그의 스승을 만났어."

"……."

스엣의 얼굴에 걱정이 한가득 했다.

"괜찮으신 거예요?"

"괜찮으니까 이렇게 네 앞에 있지."

"그 자들이 왜 오라버니를 찾아 간 건가요?"

"어. 네가 죽었다는 걸 의심하는 눈치였어. 그래서 나를 떠보려 왔나봐. 만약 내가 너를 이길만한 실력이 있다면 진짜로 죽은 거고 아니면 죽은 척을 한 거라 판단했을 테지. 결론적으로 내 실력은 들통이 났고 요정의 보석이 나한테 있다는 것도 알았지."

"그들이 무슨 짓은 안하던가요? 요정의 보석이 오라버니한테 있는 걸 알면 가만히 있지 않았을 텐데."

"물론. 하지만 요정의 보석은 각성했고, 그리고 요정의 보석이 그들의 예상과는 달랐기에 결론적으로 아무 일도 일어나지 않았지."

"요정의 보석이 각성하다니요?"

스엣이 고개를 돌려 룬을 보았다.

룬은 요정의 보석에 마나를 주입하는 것을 시작해 이프리트와 맹약을 맺는 것까지의 과정을 설명했다.

설명을 듣는 스엣의 표정은 시시각각 변했는데 특히 불의정령왕 이프리트와 맹약을 맺는 다는 대목에서 상당히 놀라는 얼굴을 하였다.

"오라버니가 정령왕과 맹약을 맺었다니…… 믿을 수가 없어요."

"믿기 힘든 일들은 한 번에 찾아오나봐. 새로운 몸을 얻은 것부터해서 정령왕과 맹약을 맺는 것까지 정말 그 짧은 사이에 모든 게 일어났지."

"그들이 정령왕과 맹약을 맺을 걸 알고도 순순히 물러나던가요?"

"그들이 필요한 건 불의 힘이었던 모양이야. 그래서 한 달 후에 이프리트가 현신할 수 있으면 힘을 보태주겠다고 약속했지."

"그랬더니 순순히 보내주던가요?"

"어. 나도 좀 의외기는 했지만 말이야."

"흠……."

스엣이 턱을 괴며 생각에 잠겼다.

하지만 룬이 기다려주지 않고 물음을 던졌다.

"네가 생각하기에 그들은 어떤 자들 같았어?"

"그때 말했다시피 아는게 별로 없어요."

"그런 말고. 그냥 느낌말이야."

"느낌이라니요? 음…… 글쎄요. 사실 나쁜 들은 아닌 것 같았어요. 일을 하는 동안 악행은 한 적이 없죠. 불가피하게 누구의 목숨을 취한적이 있긴 있었는데, 그때 사실 좀 놀란게 유렌이란 그자가 괴로워하고 있다는 느낌을 받았죠. 그런데 그건 왜요?"

"사실 나도 그들을 직접 대면해보니 나쁜자들은 아닌거 같아서 말이야. 그래서 그때도 말했지만 네가 그들과 손을 잡는 게 어떤가 싶어서."

스엣이 다시 턱을 괴며 생각에 잠겼다. 하지만 생각은 그리 오래가지 않았다.

"그건 좀 더 생각을 해봐야할 것 같아요. 그들이 원하는

게 정확히 무엇인지 모르는 이상 섣불리 다가갈 순 없어
요."

"하긴. 그도 그렇네."

룬은 사부를 해하려 했던 배후를 찾았는지도 물어보고
싶었다. 하지만 워낙 민감한 사항인지라 쉬이 입이 떨어지
지 않았다.

'만약 찾았다면 먼저 말을 했겠지.'

룬은 이에 대해서는 묻지 않는 편이 좋다고 생각하여 함
구하기로 했다.

"시간이 많이 지체 됐어요. 이만 가봐야 될 거 같아요.
몸 조심하시고 저랑 했던 약속 잊지 않으셨죠?"

스엣이 눈을 치켜떴다.

"여부가 있겠습니까."

과장되게 겁먹은 척 하며 스엣의 말을 받는 룬이었다.

NEO FUSION FANTASY STORY & ADVANTURE

제 6 장

에일리아……

제 6 장
에일리아……

　―소중한 걸 얻기 위해서는 대가가 따르는 법이에요.

　에일리아는 연회장에서 애슐리 공주가 했던 말을 떠올렸다. 그리고 반문해보았다. 누군가를 향한 마음이 다른 사람의 눈에 확연히 드러날 정도였었던가. 아마 그랬으니 그녀가 그런 말을 했으리라.

　에일리아는 브니에르연회장에서 현실의 벽이라는 이유로 누군가를 향한 마음을 접었다.

　하지만 공교롭게도 바로 그날 좋지 못한 일이 발생했고 그를 계기로 다시 접었던 마음이 새록새록 피어올랐다.

　―무모하지 않습니다. 그리고 에일리아님을 지키기 위해서라면 이 정도 위험은 충분히 감수할 만합니다.

자신에게 날아오는 단도를 막아서며 한 말.

　-제가 저 여자를 막을 테니 두 분은 방향을 달리하여 이
곳을 벗어나세요.

　위기의 순간에 제 한 몸을 희생하던 모습.

　그것들이 떠오르며 에일리아는 이제는 결단을 해야 할
시간이라고 생각했다.

　에일리아는 아카데미로 향하는 발걸음을 토레논 공작에
게로 돌렸다. 그리고 말했다. 데이미안과의 혼사를 없었던
일로 해달라고.

　"그게 무슨 말이냐? 둘 사이에 무슨 일이라도 있던 것이
냐?"

　"그런 거 없어요. 하지만 이대로 어영부영 그분과의 혼
사를 진행하는 건 더 이상 데이미안님에 대한 예의가 아닌
거 같아요."

　"무슨 일이 있는지 알아야 이 애비도 어떻게 할지 결정
을 하지 않겠느냐?"

　"나중에 말씀드릴게요. 그리고 데이미안님에게는 제가
직접 말할게요. 죄송해요……."

❖

　룬은 데이미안의 집무실을 찾아갔다. 스엣과의 약속을

이행할 겸 몇 가지 전해줄 말이 있어서였다.

데미이안의 집무실에는 이미 손님이 와있었는데 룬도 익히 알고 있는 얼굴이었다.

"손님이 계신줄 몰랐습니다. 다음에 오겠습니다."

"아니야. 그냥 같이 안도록 하지."

룬이 토레논 공작에게 슬쩍 인사를 건넨 뒤에 맞은 편에 앉았다.

자리에 앉은 룬은 토레논 공작과 데이미안을 번갈아가면서 보며 눈치를 보았다.

"토레논 공작님은 유일하게 이곳에서 믿을 수 있는 분이시지. 또한 지금 우리가 겪고 있는 일들을 모두 알고 계신분이시기도 하고. 걱정 말고 말을 하게."

"제국측에서 저를 의심하기 시작했습니다."

"이런. 무슨 의심이 갈만한 일이라도 한건가?"

"글쎄요."

"그래서, 이 일을 다른사람에게 맡기라는 것인가?"

"예."

"브농 후작을 독살하려던 음모는 분명 엄청난 것이었지. 허나 그게 전부라고는 생각지 않겠지?"

"물론입니다."

"그런데도 그만두겠다고 말을 하는 건가?"

데이미안의 음성에는 노기가 서려 있었다. 룬은 조금 곤란한 얼굴을 하다 이내 고개를 끄덕였다.

"이유가 뭔가?"

"제가 더 이상 알아 낼 수 있는 건 없습니다. 더욱이 의심까지 받고 있으니 옆에 붙어 있어봐야 좋을게 하나도 없죠."

"정말 그 이유뿐인가?"

"사실, 조금 귀찮기도 하고요……."

"……."

진실은 사람을 불편하게 만드는 법이었다. 데이미안을 바라보는 룬의 얼굴이 불편해 진 것처럼 말이다.

"일을 그만두면 어디로 갈 건가?"

"그야 아카데미로 돌아가야겠지요."

"이자벨리아와 검술수업을 듣는다지? 일전에 보니 검술 실력이 생각했던 것 이상이더군. 자네라면 그 아이의 검술에 도움이 될 거야. 도와줄 일이 있으면 기꺼이 도와주게."

"여부가 있겠습니까."

고개를 조아린 뒤 룬은 데이미안을 빤히 보았다.

"이제는 더 이상 저를 경계하지 않으시는 모양이군요. 소중한 누이의 안부를 저에게 챙기시는 걸 보면 말이죠."

"그게 무슨 말인가?"

"우리가 처음 만났을 때를 기억하십니까? 그때 왕자님께서는 가시가 돋친 눈으로 저를 보셨죠."

"뭔가 오해를 한 모양이군. 나는 이자벨리아의 아카데미 학우를 경계한 게 아니야. 내 여자 옆에 있던 주제넘은 남자를 경계했던 것이지."

데이미안이 앉은 상태에서 상체를 룬의 곁으로 더욱 바짝들이밀었다.

"하지만 생각해보니 우스운 일이더군. 나는 이 나라의 왕자고 그녀는 공녀지. 그리고 자네는 변방의 귀족일 뿐이야. 내가 경계해야 할 이유는 전혀 없는 데 왜 그랬는지 모를 일이야."

데이미안이 다시 상체를 뒤로 빼 의자 등받이를 등에 대고 앉았다.

"기분 나빴다면 사과하지. 난 단지 우리의 지극히 개인적인 이야기를 했을 뿐이야. 그 외의 자네의 실력이라든가 인간됨은 인정하는 바이네."

"흠흠."

둘의 대화를 듣고 있던 토레논이 괜히 헛기침을 두어 번 했다.

"공작님을 앞에 모셔두고 별 소리를 다했군요. 아무튼. 그 아이에게 좋지 못한 일이 있어 당분간은 심정이 말이 아닐 거야. 잘 다독이게."

"얼마 후에 신분을 밝히는 것 때문에 그러시는 모양이군요."

"자네가 그걸 어찌 아는가?"

"어제 요튼에서 만났습니다."

"그래? 만나서 무얼 했는가?"

"그냥 길을 걷고, 이것저것 보고 사고, 연극도 보고, 다시 걷고."

어제 그녀들과 있을 때는 굉장히 특별한 것을 한 것 같았는데 막상 말을 해놓고 보니 별것이 없었다. 그저 평범한 사람이라면 누구나 하는 평범한 일일 뿐이었다.

"그 아이가 그런 의미 없는 일을 자네와 군말 없이 했단 말인가?"

"예. 저는 표정이 밝기에 그런 것들을 좋아하는 지 알았습니다. 볼품없는 머리핀을 선물해 드렸음에도 기뻐하시기에 생각보다 소탈한 분이시라 생각했습니다."

"흐음. 그 아이가 자네와는 마음이 맞는 모양이군. 다행인 일이야."

"정말 다행이십니까? 그녀는 공주님이고 저는 변방의 귀족일 뿐인데요?"

"내 말을 곡해했군. 나는 나와 에일리아님 사이에 누군가 끼어드는 것을 말한 것이야."

말을 하면서 데이미안은 슬쩍 토레논 공작의 눈치를 보았다.

데이미안이 누군가의 눈치를 보다니. 참으로 이색적인

장면이 아닐 수 없었다.

날 때부터 왕이 될 재목으로 자라왔기 때문에 그런 모습은 데이미안 본인조차 의외인 것이기는 했다.

"하지만 이자벨리아와 자네는 누군가의 사이에 끼어드는 게 아니니 상관이 없는 일이지."

"그 말은 설령 제가 공주님과 결혼을 한다 하더라도 괜찮으시다는 말씀이십니까?"

다소 도발적인 언행이었다. 등받이에 기댔던 데이미안의 등이 꼿꼿이 펴졌다. 펴진 등만큼이나 그의 눈빛 또한 날카로워져 있었다.

"나는 별로 상관없다. 하지만 결정은 아바마마께서 하시겠지. 그분은 별로 탐탁지 않으시겠지만 말이야."

하며 데이미안은 다시 토레논 공작의 눈치를 슬쩍 보았다.

"그런 이야기를 계속 하거들랑 이만 나가주게. 먼저 와 있는 손님에 대한 예의가 아닌 거 같군."

"죄송합니다."

룬이 토레논과 데이미안에게 번갈아 가며 고개를 숙였다.

"사실 다른 할 말이 있긴 있습니다. 그때처럼 별로 도움이 되는 말은 아닐지 모르겠지만요."

"해보게."

"외람되지만 브뇽 후작님의 자식관계가 어떻게 되는지 아십니까?"

"아들 넷에, 딸 둘. 총 여섯이지."

"그럼 그들의 사이가 어떤지도 아십니까?"

"글쎄. 남의 가족사까지야 알 길이 없지. 공작님께서는 브뇽 후작님과 친분이 있으시지 않습니까?"

"그렇긴 하지만 애틀란은 이곳에서 수십키로는 떨어진 곳입니다. 저라고 그들의 가족사까지 어떨지는 알 수 없는 일이지요."

"그렇군요. 그런데 그것 왜 묻나?"

데이미안이 룬에게 시선을 돌렸다.

"애틀란이 제국의 공세를 막아내고 있는 건 브뇽 후작이 그 지역을 잘 수호하고 있는 탓도 있지만, 근본적으로 그 곳은 산길이 험하고 낙석을 사용하기 용이한 지역이 많고 늪지대와 비좁은 길로 이루어져 있어 그 자체로 천애요새이기 때문입니다. 브뇽 후작님이 돌아가신 다 하더라도 누군가 그 뒤를 물려 받을 겁니다. 그렇다하더라도 그곳이 요새인 것은 변하지 않습니다."

데이미안은 물론 토레논 공작까지 테이블 바짝 상체를 숙이며 룬의 이야기를 듣고 있었다.

"제국도 그를 모르지는 않을 겁니다. 오히려 이곳에 계신 누구보다 그곳에 가장 관심을 가질 곳이 바로 제국이니까요."

"그래서 하고 싶은 말이 뭔가?"

"그들 중에 자신의 아버지와 왕국을 배신할 자가 있을지도 모른다는 말을 하려는 겁니다."

얘기를 듣던 데이미안이 의자에서 일어났다.

"무엇을 얻기 위해 손에 피를 묻힌 건 과거부터 있어오던 일입니다. 그리고 그 피는 적의 것보다 오히려 자신의 부모. 혹은 형제의 것이 더 많았지요. 어디까지나 그냥 제 생각일 뿐이니 귀담아 들으시지 않으셔도 됩니다."

데이미안은 대답을 하지 않았지만 룬의 말을 심각하게 받아들이고 있는 기색이었다.

룬은 데이미안이 충분히 생각할 수 있도록 한참동안 침묵을 지키다가 자리에서 일어났다. 그리고 와인을 손에 든 채 창가로 다가갔다.

"이곳에서 내려다보니 바르텐이 아주 잘 보이는 군요. 하지만 숲에 가려 오히려 나무는 보지 못할 수도 있을 것 같군요."

"내게 더 하고 싶은 말이 있는 겐가?"

"어제 말했다 시피 요튼에 갔습니다. 그리고 그곳에서 파락호 무리를 만났죠. 때리고 부수고 거의 건물 한 채가 난장판이 되었습니다. 신기한 것은 그런데도 그 흔한 경비병 한명 보이지 않았다는 겁니다. 결국 경비대에 직접 호출을 한 뒤에야 그들의 수장을 잡아 갈 수 있었죠."

"이상한 일이군. 요튼이라면 사병이 많기로 소문난 헤지스 백작이 다스리는 곳이라 치안이 상당히 좋았던 것으로 기억하는데."

토레논은 요튼 바로 옆에 영지를 다스리고 있기에 평소 왕래가 잦은 편이었다. 그렇기에 그곳의 치안이 바르텐내에서도 으뜸이라는 것을 그도 잘 알고 있었다.

"그래서 하고 싶은 말이 뭔가? 고작 파락호한테 당한걸 고하기 위해 꺼낸 말은 아닐테고."

"지금은 분란이 다가오는 시기입니다. 치안이 엉망이 되는 건 분란이 있을 때 흔히 나타나는 현상이죠. 하지만 분란이 다가 오고 있다는 건 몇몇만 알고 있는 사실이죠."

"자네는 설마 헤지스 백작이 제국의 간자라는 말을 하고 싶은 건가?"

"이 역시 그저 그럴 수 있다. 라는 제 생각일 뿐입니다."

룬을 창가 밖을 바라보다 다시 등을 돌려 자리로 돌아왔다.

"자네가 그런 말을 했다고 해서 보상을 받을 거란 생각은 말게. 자네의 말들은 어디까지나 생각일 뿐이고 증좌가 없는 말들은 공이 될 수 없어."

"물론입니다. 저는 그런 공 따위에는 관심이 없습니다."

"그럼 무엇을 위해 그러한 것들을 생각하고 또 내게 얘기 하는건가?"

"별 이유 없습니다. 생각한 게 아니라 그냥 자연스레 떠오른 것들이고, 마침 이곳에 와야 될 이유가 있던 찰나에 몇 마디 말을 더 한 것 뿐입니다."

룬은 다시 자리에서 일어났다.

"저는 제 할 말을 다 했으니 달리 하실 말씀이 없다면 이만 일어나 보도록 하겠습니다."

룬이 데이미안과 토레논 공작에게 예를 갖춘 뒤에 집무실의 문으로 걸어갔다.

그때 뒤에서 데이미안의 음성이 들려왔다.

"왕국을 위함인가? 아니면 제국을 막고 싶을 뿐인가?"

"그게 그 말 아닙니까? 그리고 말했다시피 제 행동에는 거창한 이유 따위는 없습니다. 대답이 되셨을지 모르겠군요. 그럼 이만."

룬은 등을 돌리지 않은 채 그대로 문을 열고 나갔다.

룬이 나가자 데이미안이 허공에 대고 손짓을 했다. 그러자 미노타우르스의 박제가 있는 곳의 벽이 회전하며 데카부네가 나타났다.

"부르셨습니까?"

"저 자가 하는 이야기를 모두 들었겠지?"

"예."

"지금 당장 가서 브뇽 후작에게 사실을 말하고 헤지스 백작측의 움직임을 파악해 보고 하게."

"알겠습니다."

데카부네가 한쪽무릎을 꿇은 뒤 다시 원래 있던 곳으로 돌아갔다.

"말투가 거치신 것이 신경 쓰지 않을 것 같으시더니 조금 의외로군요."

"저는 일국의 왕자입니다. 아버님께서 쇠약해지시면다음 왕위를 물려받아야 해야 할 사람이죠. 사사로운 감정 때문에 가능성이 있는 일을 무시할 수는 없는 노릇입니다."

데이미안의 대답에 토레논 공작이 자식을 보듯 씨익 웃었다.

"왕자님께서는 그를 신뢰하시는군요?"

"그를 신뢰하는 건 아닙니다. 그가 내뱉은 말을 신뢰할 뿐이지요."

토레논 공작이 다시 씨익 웃었다.

"저도 이 일에 대해 한 번 알아보겠습니다."

"그건 데카부네에 대한 예의가 아닙니다. 그는 모든 일이든 완벽하게 해낸다는 자부심으로 일하는 사람입니다."

"돈, 명예, 권력보다 사람을 완벽하게 만들어 주는 게 바로 그 자부심이죠. 좋은 수하를 두셨습니다. 그리고 좋은 수하를 많이 다스리는 것이 좋은 왕의 덕목중 하나지 요. 데이미안님께서는 장차 좋은 왕이 되실 겁니다."

"또한 좋은 지아비가 될 겁니다."

그 말에 토레논 공작의 얼굴에 수심이 짧게 지나쳤다.

"왕자님께서는 응당 그리하실 겁니다."

토레논 공작의 얼굴은 웃는 낯이었으나 어딘지 무거움 이 서려있었다.

데이미안은 이전의 밝은 얼굴과 미묘한 차이를 느꼈다. 하지만 굳이 그 이유를 묻거나 하지는 않았다.

사소한 것 하나에 꼬투리를 잡아 묻는 것은 장차 안사람 이 될 여인의 아비대한 예의가 아닌 것 같았기 때문이다.

"저도 그만 일어나 보겠습니다. 사실 그와 따로 할 말이 있었습니다."

"그렇군요. 살펴가십시오."

둘이 거의 동시에 예를 갖추었다. 토레논은 주군에 대한 예를, 데이미안은 장차 장인이 될 자에 대한 예를 취한 것 이다.

룬이 데이미안의 집무실을 나와 얼마 가지 않았을 때 룬 을 불러 세우는 이가 있었다.

"걸음이 빠르군."

"생각할 게 있다 보니 걸음이 자연히 빨라졌나 봅니다."

"생각이 많으면 머리가 복잡해지고 마음이 급해지지. 마음이 급하면 자연히 걸음걸이도 빨라지기 마련이야. 무슨 생각을 그리했나?"

"그냥 불투명한 제 미래에 대한 생각이랄까요?"

조금 장난기 섞인 말투였다.

"자네도 그런 걱정을 다 하는가?"

"걱정이 없는 사람이 어디있겠습니까. 걱정이 있어도 아닌 척 할 뿐이죠."

그 말에 토레논 공작이 피식 웃었다.

"나도 예전에 비슷한 말을 한 적이 있지. 속은 까맣게 타들어가고 있으나 겉은 웃고 있으니 내 꼴이 꼭 광대와 다를 바가 없다고 말이야."

토레논의 농담 섞인 어조에 룬도 따라 웃었다.

"듣자하니 리오도르가 아카데미를 나가도 좋다고 했다지?"

"그렇습니다."

"그래서 어찌 하기로 했나?"

"이전에는 분명 아카데미에 오는 것이 싫었는데 지금은 저도 제 마음을 잘 모르겠습니다."

둘이 계속 걷다보니 복도 끝에 다다랐다. 복도 끝에는 야경이 보이는 확 트인 공간이 있었다. 토레논 공작이 그리로 발걸음을 옮기자 룬도 그 뒤를 따랐다.

"리오도르는 자네에 대한 애정이 남다르네. 그건 자네 때문이기도 하지만 과거의 누군가 때문이기도 하지."

"과거의 누군가라니요?"

"리오도르는 지금이야 겸손하지만 젊었을 적에는 굉장히 자신만만하고 거칠게 없는 친구였다고 하네. 젊었을 때 직접 본 것은 아니지만 아무튼 그랬던 그 친구가 어느날 우연히 한 검사를 만났다고 하네. 검은 머리에 검은 눈동자를 가진 검사였지. 그리고 그에게 큰 깨달음을 얻어 지금의 경지에 까지 이르렀다는 것이야. 물론 그가 직접적으로 무언가를 가르친 건 아니야. 하지만 리오도르는 아직까지 그를 큰 은인처럼 여기고 있지."

토레논 공작은 시원한 바람을 맞으며 야경을 내려다보고 있었다.

"그래서 그 친구는 그에게 은혜를 갚는 심정으로 자네에게 검술을 가르친 것이야."

"......"

"자네는 어쩌면 이미 그 친구의 그늘을 벗어났는지도 몰라. 그래서 떠나라는 결정을 한 것이겠지. 하지만 나는 자네가 그 친구의 곁에 계속 남아 줬으면 좋겠네."

"......"

"강요하는 건 아니네. 어쨌든 결정은 자네가 하는 거니까."

토레논은 난간에 손을 올려놓고 하늘을 올려다보았다. 그리고 깊은 한숨을 쉬었다. 누가 보더라도 근심이 있는 얼굴이었다.

"어제 딸아이가 나를 찾아왔네. 그리고 왕자님과의 혼사를 미뤄달라는 말을 했지. 그 아이가 대체 무슨 이유로 그런 말을 했을까 많은 고민을 했네. 결혼이 부담스러운 것일까, 아니면 마음이 없는 것일까, 그도 아니면 좀 더 자유를 누리고 싶은 것일까…… 그러다 자네를 대하는 왕자님의 태도를 보며 그 아이가 왜 그런 말을 했는지 짐작했네."

룬은 토레논 공작이 왜 이런 말을 자신에게 꺼내는 지 이해할 수 없었다.

하지만 그의 얼굴이 진중하기에 차마 말을 끊을 수가 없었다.

"저를 대하는 왕자님의 태도와 에일리아님의 마음과 무슨 관련이 있는지 모르겠군요?"

"왕자님은 자네를 좋아한다네. 아니, 인정하고 있다는 게 더 정확한 표현이겠군."

왕자가 나를? 설마. 하고 룬은 생각했다.

"하지만 남자로써는 자네를 불신하고 있지."

"대체 왜 두 분다 그런 이야기를 하시는지 저는 잘 모르겠습니다.

"자네는 머리가 좋고 눈치가 비상한 사람이네. 그런데 도 정말 모르겠다는건가?"

"……."

룬이 토레논을 빤히 바라보았다. 룬의 얼굴은 알쏭달쏭 한 수수께끼를 푸는 사람처럼 변해있었다.

"후후. 자네에게 이런 맹점이 있을지는 미처 몰랐군."

하고 토레논은 길게 숨을 내쉬었다.

"저와 에일리아님이 처음 만난 건 검술대회가 있던 날 정원에서입니다. 그리고 아카데미에서 다시 만났고, 이유 는 알 수 없지만 우리의 사이는 좋지 못했습니다. 그러다 최근에 연회장의 일이 있었고 그것을 계기로 관계가 조금 회복됐을 뿐입니다. 그 짧은 기간 어디에도 남녀간에 정을 이야기할 만한 곳은 없습니다."

"정말 그리 단순하게 생각하나?"

"제 생각이 맞든 아니든 돌려 말하지 마시고 하고 싶은 말이 있으시면 하십시오. 공작님께서는 더는 에일리아님 과 왕자님과의 사이에 끼어들지 말라는 그 말을 하고싶은 게 아니십니까?"

토레논 공작은 잠시간 침묵하더니 이내 고개를 끄덕 였다.

"정확하게는 에일리아가 마음을 잡을 수 있도록 입장을 분명히 해달라는 거네. 자네가 싫다면 그 아이는 자존심이 강하니 포기를 할 거야. 반대의 경우라면 그건 그때가서 생각해 봐야 될 일이겠지만 이렇게 어영부영 시간이 흐르는 것 보다는 낫겠지."

"다시 한 번 말씀드리지만 저는…."

"아니. 나에게 같은 말을 반복할 필요는 없네. 내 아이에게 가 직접 자네의 뜻을 말하게."

토레논 공작이 다시 하늘을 올려다 보았다.

"왕궁의 바람은 여전히 차군."

❖

룬은 데카부네에게서 왕궁을 떠나 다시 아카데미로 복귀해도 좋다는 말을 들었다. 또한 왕궁을 떠나기전 국왕전하를 알현할 수 있는 기회를 주겠다는 말도 들었다.

"왕자님께서 제 공을 치하해 준다는 말은 없었던 것 같은데요."

"그렇습니다. 이번 사안을 국왕전하에게 보고하는 과정에서 룬님의 이름이 거론 되었고, 마침 룬님의 대결을 인상 깊게 보신 터라 알현의 기회를 주신 것뿐입니다."

"그렇군요. 뜻은 감사하나, 죄송하다고 전해주십시오."

"다시 생각해 보십시오. 이런 기회는 흔치 않습니다."

"다시 생각해도 마찬가지입니다. 아, 국왕전하께서 제

대답을 들으면 기분이 상하실 수 있으니 그냥 말을 전하지 못하셨다고 하십시오. 이런, 그럼 데카부네님이 일을 제대로 처리하지 못한 게 되니 그건 또 안 되겠군요."

룬은 데카부네가 말을 끊을까봐 일부러 길게 말을 늘어놓았다.

"가는 길 이렇게 마중을 나와 주셔서 감사합니다."

룬은 미련 없이 아카데미로 발걸음을 옮겼다.

그래플아카데미생들의 얼굴에 연회장에서의 참사의 흔적은 찾아 볼 수 없었다. 그것은 이미 지나간 일이었고 아카데미 일정도 정상적으로 진행되고 있었다.

룬은 아카데미가 정상 운영 됨에도 수업에 참석하지 못했지만 이미 행정적으로는 아무런 제지도 받지 않게끔 처리가 되어 있는 상태였다.

다음날부터는 룬도 다시 지겨운 아카데미의 레이스에 참여해야했다.

룬은 기숙사에 간단하게 짐을 푼 뒤에 에일리아를 찾아갔다.

에일리아는 룬의 뜻밖의 방문에 깜짝 놀라면서도 반갑게 맞이해주었다.

"여기서 볼게 아니라 좀 더 넓은 곳으로 가죠."

룬이 제안하자 에일리아가 흔쾌히 수락했다.

룬과 에일리아는 아카데미인근 시내를 걸었다. 길을 걸으면서 룬은 이런저런 이야기를 했다. 별로 웃기는 얘기도 아닌 데 에일리아는 웃으며 이야기를 들었다. 룬은 에일리아가 웃는 모습을 보니 기분이 좋았다.

시내를 지나다 일전에 신디아에게만 선물을 해준 것이 마음에 걸려 불필요하겠지만 에일리아에게도 장신구 하나를 선물해 주었다.

역시 그녀는 환하게 웃으며 고맙하다고 말했다. 그녀가 웃는 모습에 룬도 기분이 좋았다.

'그녀가 웃는 모습을 보면 나도 기분이 좋아. 하지만 그렇다고 그녀를 사랑하는 건 아니잖아.'

굳이 룬의 마음을 정리하자면 딸을 보는 아버지의 마음이었다. 남녀 간의 감정은 아니었다.

둘은 시내를 몇 바퀴나 더 돌았다. 딱히 무언가를 하지는 않았지만 에일리아는 계속 싱글벙글 했고 룬도 기분이 좋았다.

시간이 꽤 지났기에 날은 이미 어둑어둑해 졌고 인적도 뜸해졌다.

마침 아무도 없는 골목에 들어선 룬은 이제 준비해 온 말을 해야 될 때라고 생각했다.

그런데 그에 앞서 에일리아가 먼저 말을 꺼냈다.

"당신에게 할 말이 있어요."

"……?"

"저, 그러니까 사실은…. 사실은…. 당신을 좋아해요."

에일리아의 얼굴은 희망과, 기대로 부풀어 올라 있었다.

룬은 에일리아가 말을 하기 전 준비해왔던 말을 그냥 하는 편이 나았을 것이라 생각했다. 그랬다면 이렇게 마음에 무거운 짐을 지지는 않았을 텐데….

에일리아는 발을 베베꼬며 룬의 대답을 기다렸다.

허나 룬은 대답하지 않았고 에일리아는 수줍은 처녀처럼 다시 말했다.

"룬님은 저를 어떻게 생각하시나요?"

"저는…….""

하며 룬은 한참동안이나 대답을 미루었다.

"에일리아님의 고백을 받아들일 수 없습니다."

부풀어 오르던 희망이 절망으로 바뀌는 것은 순식간이었다. 사랑을 꽃피워가던 동화는 어느새 끔찍한 참극이 되어 가고 있었다.

"왜죠? 데이미안님 때문인가요?"

사랑에 있어서 왜라는 것은 사실 중요치 않았다. 그 어떤 장벽이 있어도 마음이 있다면 뛰어넘는 것이 사랑이었다. 왜, 라는 말은 비참함을 조금이라도 덜어줄 핑계에 지나지 않았다.

"왕자님의 존재는 중요치 않습니다. 죄송하지만 저는 에일리아님에게 마음이 없습니다."

"믿을 수 없어요. 당신은 나에게 말을 걸어 주고, 웃어 주고, 바라봐 주었어요. 그런데 왜 거짓말을 말하는 거죠?"

"거짓이 아닙니다."

"아니요. 거짓이에요."

"……."

에일리아가 룬에게 다가왔다. 그리고 룬의 가슴에 손을 얹었다.

"당신의 입은 거짓을 말해도 이곳은 진실만을 말할 거예요."

에일리아의 입술이 룬의 입술로 다가왔다. 따뜻하고 촉촉한 에일리아의 온기가 입을 통해 전해졌다.

룬은 눈을 감았다. 피하지 않고 에일리아를 받아들였다.

쿵쾅-

룬의 차가운 심장은 고장이라도 난 것처럼 느리게 뛰었다.

주루룩-

에일리아의 눈물이 코를 타고 내려와 입술을 적셨다.

쿵쾅-

룬의 심장은 여전히 평온했다.

에일리아가 룬에게 덮쳤던 입술을 거두었다. 그녀의 얼굴은 눈물로 얼룩져 있었다. 그녀는 눈물을 훔치며 뒤돌아섰다. 그리고 아무 말도 하지 않은 채 앞으로 걸어 나갔다.

그렇게 한 여인의 마음은 한 여름밤의 꿈처럼 덧없이 사라져갔다.

LUNE

제 7 장

몬스터 사냥

제 7 장
몬스터 사냥

어두운 밀실 안. 중앙에 커다란 원형 테이블이 있었고 세 명의 사내가 자리했다. 세 명의 사내 뒤로 은빛 갑옷을 차려 입고 있는 기사가 커다란 바스타드소드를 지탱한 채 석상처럼 서 있었다.

"현재까지 총 다섯의 영주가 함께하기로 하였습니다. 그리고 브눙 후작이 사망할 경우 그의 셋째 아들인 피에니아르가 애틀란에서 반란을 일으키기로 하였습니다."

익히 알고 있는 내용이었으나 회의란 늘 그렇듯 했던 내용을 반복하여 혹시라도 있을지 모를 만약을 대비해 나가는 작업이었다.

"브눙 후작의 상태는 어떻습니까?"

브라운댄 백작이 말했다. 밀실안의 사람들은 모두 로브를 쓰고 있었기에 목소리로만 그의 정체를 파악할 수 있었다.

"왕자가 친히 보호하고 있어 상태를 알아볼 수는 없었습니다. 하지만 의료기록을 보면 저희 측 의관이 내린 진료를 그대로 시행하고 있습니다. 머지않아 죽음의 소식이 들려 올 겁니다."

말을 받은 건 브라운댄 백작의 오른편에 있던 사내였다. 목소리가 중후한 것이 신중한 성격인 것처럼 보였다.

"그가 죽었다고 해도 애틀란이 천애요새인 것은 변하지 않습니다. 추후의 처리가 중요할 겁니다."

"물론입니다. 브농 후작이 죽었을 경우 우선적으로 셋째인 피에나르가 임시 영주권을 가지게 됩니다. 장자와 차남은 현재 바르텐에 거주하고 있고, 현재 임무를 수행중에 있어 당장은 애틀란으로 돌아갈 수 없는 상태입니다. 꼭 브농 후작이 죽지 않더라도 장자와 차남이 아틀란내에 없는 이상 지휘권은 우선적으로 피에나르에게 가게 되어 있습니다."

"좋군요. 각 영주들의 병사 현황은 어떻습니까?"

"헤지스 백작이 가장 왕궁과 가까이 있으며 가장 많은 병사를 보유하고 있습니다. 헤지스 백작 이만명 스웨이드 백작이 일만명, 그리고 다른 영주들 이만명을 해서 총 오만에 가까운 병사들이 준비 되어 있습니다."

"어차피 그들은 왕궁의 병사를 묶어두는 역할만 하면 되니 오만이면 충분한 숫자군요. 왕궁측에서 병사들의 움직임을 눈치 채게 해서는 아니 됩니다."

"이를 말입니까. 왕국에서는 영지의 사병은 영주의 고유권한입니다. 왕궁에서 특별히 의심을 가지고 주시하지 않는 이상 발각될 일은 없습니다."

자신 있게 말하던 사내는 다시 조심스런 태도를 취했다.

"그런데 문제가 하나 있습니다."

"말해보세요."

"이번 일에 가장 공헌을 하게 될 자는 애틀란을 개방시켜줄 피에나르가 될 겁니다. 하지만 가장 강력한 세력은 헤지스 백작이지요. 지리적으로도 왕국을 놓고 봤을 때 헤지스 백작이 수도에 자리하고 있고요."

"그게 무슨 문제가 된다는 거죠?"

"가장 크게 공헌을 한자와, 가장 강한 세력이 다르니 거사가 이뤄지고 나서 분명 분란이 날 것입니다."

얘기를 듣던 브라운댄 백작이 돌연 실소를 머금었다.

"분란이 날수록 좀 더 확실하게 왕국을 제어할 수 있는 것이니 우리입장에서는 좋은 거 아닙니까?"

"……."

사내의 얼굴을 보이지 않았지만 손을 만지작 하는 것이 당황한 듯 보였다.

"백작께서는 아직 완벽한 제국의 사람이 아닌 것 같군요. 피들라이아공작님께 왕국을 통치할 사람으로 당신을 추천한 제 생각을 고쳐야 하는 건 아닌지 모르겠습니다."

"제가 실수를 범했군요."

"작은 말 한마디에도 마음이 담겨 있는 법입니다. 진정으로 우리의 사람이라는 마음이 없으니 그런 실수가 나오는 겁니다."

"명심하고 앞으로는 이런 실수는 없도록 하겠습니다."

"암요. 그래야지요."

말은 마치며 브라운댄 백작이 원탁을 한 번 쓱 훑어보았다. 그리고는 많지 않은 수염을 쓰다듬은 다음 왼쪽으로 시선을 돌렸다.

"왕국내부일은 잘 되고 있고, 혹여 우리를 의심하는 움직임은 없습니까?"

"현재까지는 그렇습니다. 설마 공주가 이 왕국안에 있는데 그렇게 위험한 일을 할 거라 생각할 수 있는 사람이 몇이나 되겠습니까."

"확실히 그건 그렇지요. 그런 면에서 황제폐하께서는 실로 무서우신 분입니다. 필요하다면 자신의 핏줄을 아무렇지 않게 사지에 보내지 않습니까."

말을 하는 브라운댄 백작의 얼굴에는 그런 황제에 대한 두려움 보다는 존경심이 더 커 보였다.

"후후. 참으로 바보같은 자들이 아닙니까. 왕국을 집어삼키러 온 줄도 모르고 우리들에게 연회를 베풀다니요."

브라운댄 백작이 웃었고 뒤이에 두 사내도 따라 웃었다.

"룬이라는 자를 제거하는 일은 어떻게 되어 갑니까?"

"마침 아카데미일정에 몬스터를 사냥하는 시간이 있습니다. 그때 쥐도 새도 모르게 해치울 생각입니다."

"일전에 보니 그자의 검술이 제법이었습니다. 그리고 아마 보이는 것 보다 더 많은 힘을 숨기고 있을 겁니다. 신중에 또 신중을 기하셔야 합니다."

브라운댄 백작은 잠시 턱을 괴며 생각에 잠겼다. 그리고 다시 말했다.

"생각이 바뀌었습니다. 가능하면 죽이지 말고 산채로 데려오세요."

"산채로 말입니까…? 알겠습니다. 그리고 아카데미에 뜻밖의 인물이 있었습니다. 왕국의 공주가 신분을 숨기고 신디아라는 이름으로 활동하고 있었습니다."

"흐음. 공주라…… 어차피 왕국을 무너트리기에 충분한

준비가 되어 있는 마당에 그녀의 존재 가치는 그리 크지 않습니다. 오히려 토레논 공작의 여식이 더 가치가 있을 테지. 하지만 혹시 모르니 그녀 또한 가능하면 생포해 오도록 하세요."

"알겠습니다."

대답을 들은 브라운댄 백작은 턱을 괴었다. 그는 간간히 대화를 하는 도중에 턱을 괴면서 생각을 하는 습관이 있었다. 하지만 그의 판단은 찰나에 이뤄지기에 그 시간은 그리 길지 않았다.

"몬스터토벌이 정확히 언제지요?"

"3일 후입니다."

"3일후라…… 몬스터토벌을 하러 가는 전력은 어느 정도나 됩니까?"

"수련을 목적으로 하는 것이기에 전력이랄 것도 없습니다. 아카데미생 수십명과 기사 십수명 그리고 신관정도가 전부입니다."

"충분히 제압가능한 정도군요. 생각이 바뀌었습니다. 룬과, 공주를 제외하고는 그곳에 있는 모두를 제거하세요."

"모두를 말입니까?"

"그래플아카데미생들은 귀족들이 아닙니까. 평민이라면 몰라도 거사를 치룬 뒤 귀족은 어차피 척살해야할 대상입니다."

"알겠습니다."

대답을 하면서 사내는 저도 모르게 몸을 부르르 떨었다. 눈하나깜빡하지 않고 그 수많은 목숨을 결정짓는 모습은 두려움을 자아내기에 충분했다.

"그리고 갈때 공주님도 함께 데리고 가세요."

"공주님을요?"

"예. 생각해 보니 사방이 적인 왕국에서 그곳만큼 안전할 곳도 없을 것 같군요. 넉넉하게 사일이면 충분할 겁니다. 그 동안 거사를 끝내놓은 테니 경께서는 사일 정도 후에 산에서 내려오세요."

"전력의 손실이 있을 텐데요."

"공주님의 안위는 그를 감안하더라도 중요한 것입니다."

"알겠습니다."

"이만 나가보도록 하세요."

브라운댄 백작이 손짓하자 두명의 사내가 일제히 자리에서 일어나 밖으로 나갔다.

브라운댄 백작은 테이블 중앙에 타고 있는 불꽃을 바라보았다.

"분란은 언제나 안에서부터 시작되는 법이지. 고인물은 썩기 마련이고 무능력한 왕은 그 썩은 물을 가려낼 혜안이

없지. 왕이시여, 당신의 그 무능함이 우리의 좋은 먹잇감
이 될 것입니다."

❖

룬은 에일리아의 얼굴을 다시 어떻게 보나 걱정했다. 특
히 검술특기시간에는 리오도르를 제외하면 단둘이 있어야
했기에 도무지 다시 볼 엄두가 나지 않았다.

그런데 막상 그녀를 대면하니 그녀는 달리 슬퍼 보이는
얼굴이 아니었다. 오히려 담담하게 먼저 인사를 걸어왔다.

"안녕하세요."

친근한 말투는 아니었지만 그렇다고 차가운 것도 아니
었다. 일단 먼저 인사를 걸어 왔다는 것 자체가 관계의 끈
을 이어가고 싶다는 의지였다.

"예. 그때는 잘⋯."

들어가셨어요? 라는 말이 끝나기 전에 에일리아가 이야
기를 끊었다.

"그 이야기는 하지 말도록 해요. 저는 저대로, 룬님은
룬님대로, 서로에게 부담만 될 거예요. 그러니 더 이상 그
얘기는 하지 말아요."

여자로써 먼저 고백하기까지 얼마나 많은 고민을 했겠
는가. 그렇게 힘들게 고백했는데 일언지하에 거절당했으

니 아무리 그녀가 뭇 남성보다 검을 더 잘 다루는 검사라 하여도 속앓이를 하지 않을 수 없을 것이다.

그럼에도 아무 일도 없었던 것처럼 담담하게 대해주니 룬으로써는 그런 마음이 고맙게 느껴졌다.

사랑이 아니면 남인 사람. 남녀를 떠나 친구를 할 수 있는 사람. 그 중에 룬은 후자에 속했다.

"다행이네요. 괜찮아보여서."

룬이 평소처럼 방긋 웃었다. 그때 리오도르가 연무장에 왔고 룬은 그에게 시선을 돌렸다.

룬의 시선이 겉이자 담담했던 에일리아의 얼굴에는 슬픔이 자리했다. 아무렇지 않게 넘어간다고 해서 속까지 정말 그러한 것은 아니었다.

다만 그렇게 하지 않으면 더 이상 웃는 얼굴로 룬을 볼 수 없을 것만 같았기에 아무렇지도 않은척 가면을 쓴 것일 뿐이다.

허나 무심하게도 룬은 보이는 그대로 믿을 뿐, 더 깊은 곳은 보려하지 않았다.

"오랜만이구나."

"잘 지내셨습니까?"

"나야 늘 그렇지. 일은 잘 마무리 하고 온 거냐?"

"예. 제가 마무리하고 말고 할 일이 아니긴 하지만요."

"계속 수업에 나오지 못했으니 내일 몬스터토벌이 있는 것도 모르겠구나?"

"그건 알고 있습니다. 그런데 갑자기 웬 몬스터토벌입니까?"

"수업의 일환으로 일 년에 한 번씩 몬스터토벌에 나가는 건 늘 해오던 일이었단다. 너에게는 처음 있는 일이니 특별하게 느끼겠지만."

"위험하지 않을까요?"

"그 정도 위험도 감수하지 못한다면 검사라고 할 수 없겠지. 그리고 생각보다 위험하지는 않단다. 기껏 해봐야 상대할 놈들이라고는 오크나 고블린 따위가 전부인데, 그래플아카데미에 들어올 정도라면 이미 그 정도 몬스터는 상대하고도 남음이지."

"실전을 경험해 본다는 취지로군요."

"그렇다고 할 수 있지. 너는 왜 그리 멀찍이 있는 거냐? 이리 오거라."

리오도르가 한 발짝 물러서 있는 에일리아에게 손짓을 했다.

에일리아가 우물쭈물 하며 룬의 옆으로 다가왔다. 그를 본 리오도르가 고개를 갸웃했다.

"둘이 무슨 일이 있었던 거냐? 아니면 오랜만에 봐서 어색해서 그런 거냐? 설마 싸운 건 아니겠지?"

"싸우긴요…."

룬은 이 시간이 빨리 지나가길 바랐다. 다행히 리오도르가 틈을 주지 않고 다음 말을 이어갔다.

"아무리 약한 놈들을 상대한다지만 그래도 실전을 하는 것이니 몸 상태를 점검하는 것이 무엇보다 중요할 거다. 그런 의미에서 오늘은 특별히 휴식을 취하도록 하겠다. 이만 가봐도 좋다."

리오도르가 나가자 둘 사이에 어색함이 찾아왔다. 룬은 아닌 척 웃으며 그녀에게 인사를 건넸다. 그녀 또한 웃으며 인사를 받았다.

❖

기숙사로 돌아온 룬은 침대에 누워 긴 한숨을 쉬었다. 이상하게 에일리아의 얼굴이 계속 떠올랐다. 좋아한다고 말하던 모습. 키스를 하던 입술. 눈물을 흘리던 눈망울. 그리고 아무렇지 않은 척 하던 얼굴.

룬에게 이러한 감정은 낯선 것이었다. 룬은 한 번도 여자를 만나본 적이 없었다. 어렸을 때는 찢어지게 가난해 끼니를 걱정해야 했고, 10살 무렵에는 사부를 만났다.

사부를 만나면서부터는 계속 수련의 연속이었고 사부와 헤어진 뒤에는 홀로 대륙을 떠돌아 다녔다.

그 과정에서 가끔씩 만나던 여자는 있었지만 그것은 남자의 본능적인 욕구를 풀기 위함이었지 그 이상도 이하도 아니었다.

'모르겠다.'

룬은 답답한 마음에 자리를 털고 일어났다. 그리고 공터로 나가 조금 눅눅해진 바람을 맞았다. 봄이 가고 여름이 오고 있었다.

'그들을 만날 날이 얼마 남지 않았구나.'

룬은 바르테오를 떠올렸다. 거대한 메테오를 단숨에 양단하던 모습. 굳이 눈에 보이는 것이 아니라도 그는 형언 없이 강한 존재였다.

'그에게 과연 불의 힘을 보태주는 게 옳은 일일까?'

룬은 신념에 차 있던 바르테오의 눈을 떠올렸다. 허나 그가 하려는 일은 세상을 뒤흔들 어마어마한 일이라고 했다. 섣불리 옳고 그름을 판가름하기가 힘들었다.

'어찌하여 나의 손에 왔지만 원래대로라면 이는 그들의 것이 됐어야 하는 것이다. 깊게 생각하지 말자. 원래의 주인에게 힘을 되돌려 주는 것 그 이상도 이하도 아니니.'

룬은 생각을 접고 가부좌를 틀고 자리에 앉아 마나연공을 시작했다. 마나연공을 거른 적은 없었지만 이렇게 야외에서 하는 건 실로 오랜만이었다. 야외에서 한다고 좀 더 정순한 마나를 얻을 수 있는 건 아니지만 기분은 나름대로 상쾌했다.

마나연공을 마친 룬은 자리에 일어나서 몸을 점검했다. 이프리트와의 맹약으로 넓어진 마나의 길은 여전했고 자연의 마나를 다스릴 수 있는 것 또한 변함없었다.

"후. 몬스터토벌이라."

룬은 내일 있을 몬스터토벌을 생각하며 손에는 불로된 공을 만들어냈다. 자연의 마나를 이용한 것이었다. 룬이 불을 바닥으로 떨어뜨리자 공처럼 퉁퉁 퉁겼다.

룬이 손짓하자 바닥을 퉁기던 공이 바늘에라도 찔린 것마냥 철푸덕하고 사라졌다.

룬이 다시 위로 손짓하자 흩어졌던 불들이 다시 모여 공처럼 변했다. 왼쪽 검지로 손짓을 하자 공은 하나씩 더 늘어났다.

수십개로 늘어난 불덩이들을 두 손위로 올려났다. 그리고 반죽을 하듯 주무르자 수십개의 공들이 하나의 커다란 불덩이로 바뀌었다.

"으차."

룬이 불덩이를 하늘 높이 올렸다. 그리고 불덩이가 떨어지는 지점에 주먹을 뻗었다.

화르르.

불덩이가 주먹에 닿으며 어느새 파이어소드가 활활 타오르고 있었다.

룬은 파이어소드를 몇 번 휘두르고는 바닥에 던졌다.

화르르.

파이어소드가 소멸하면서 불의 기운이 자연으로 돌아갔다.

"아무리 봐도 신기하단 말이야."

마나연공으로 얻어낸 마나와 달리 자연의 마나는 소모되지 않는 다는 특징이 있었다. 필요에 따라 구체화 될 뿐 그것이 끝나면 다시 자연으로 돌아갔다. 그렇기에 한 번에 얼마나 많이 불의 힘을 구체화 시킬 수 있는지가 무엇보다 중요한 일이었다.

현재로써 룬이 구체화 시킬 수 있는 최대한은 파이어소드였다. 대략 7써클 정도의 마법을 무제한으로 사용하는 셈이었다.

하지만 한계가 없을 정도로 무궁무진한 자연의 마나를 파이어소드를 사용하는 데만 사용하는 것은 큰 낭비였다.

룬은 파이어소드말고 자연의 마나를 구체화 시킬 수 있는 다른 방법이 있을 거라 생각했다. 하지만 이를 찾아내는 것은 쉽지 않은 일이었다.

'조급해 할 것 없다. 시간이 해결해 줄 터이니……'

룬은 그렇게 생각하며 다시 기숙사로 돌아왔다.

❖

그래플아카데미의 강당에 모처럼 사람들로 붐볐다. 몬스터토벌에 갈 새내기검사들은 사십명 남짓이지만, 혹시라도 모를 위험에 대비하기 위해 수십명의 기사와 신관들이 따라붙었다.

거기에 무슨 바람이 분 것인지 제국의 사절단 까지합세하여 인원은 예상보다 더욱 많아졌다.

"몬스터토벌은 여태껏 배웠던 검술을 활용해 볼 수 있는 좋은 기회가 될 것입니다. 하지만 무엇보다 중요시 되어야 할 것은 바로 여러분의 안전입니다. 행동 하나하나에 신중을 기하시며 통제에 잘 따라주시기 바랍니다."

검술교관의 연설이 끝나고 토벌대 인원은 모리튼산맥으로 출발했다.

원래 가기로 되어 있던 곳은 하이센산맥이었다. 그곳은 바르텐에서 가까울 뿐만 아니라 오크나 고블린 따위의 약한 몬스터들이 서식하여 수련에 적당한 곳이었다.

하지만 이번에 사절단이 따라붙으면서 몬스터토벌의 규모가 좀 더 커졌고 그리하여 경로를 바꾸어 모리튼산맥으로 향하게 된 것이다.

모르틴산맥은 하이센산맥과 다르게 산세가 험하고 오거나 미노타우르스와 같은 강한 몬스터들도 서식하는 곳이었다. 그래서 아카데미생들을 수련하기 위한 곳으로 적당하지는 않았다.

하지만 제국의 사절단도 와있는데다 산맥에 깊숙이 들어가지 않는다면 대형몬스터는 출몰하지 않기에 나름대로 절충안을 내놓은 것이었다.

"오랜만이에요."

하이센산맥으로 향하는 와중에 제이드가 룬에게 달려와 반갑게 말을 걸었다.

"그 동안 왜 아카데미에는 안 나오셨던 거예요? 무슨 일이 있었습니까?"

"별일 아닙니다. 그냥 개인적인 일이 있었습니다."

개인적인 일이라는 데 더 이상 꼬치꼬치 캐물을 수는 없는 노릇이었다. 제이드는 그냥 무슨 일이 있었나보구나 하고 생각했다.

"룬님이 없는 사이 제가 얼마나 강해 진지 아세요? 보세요, 이제는 제법 자세가 나오지 않나요?"

제이드가 검을 꺼내 나름대로 멋들어진 자세를 취했다. 그러자 기사 한명이 제이드에게 와 함부로 검을 뽑지 말라고 주위를 주었다.

제이드가 부끄러웠던지 얼굴이 빨개졌다. 그러면서 머쓱한 얼굴로 룬을 보며 웃었다. 룬도 그냥 피식 하고 웃어버렸다.

"와 저분이 말로만 듣던 에일리아공녀님이신가 보네요."

제이드의 시야에 붉은 머리를 길게 늘어 뜨린 채 도도하게 걷고 있는 에일리아가 들어왔다.

"왕자님이 배필로 삼을만한 유일한 여자라 하더니 과연 소문이 과장이 아니네요. 오히려 소문보다 훨씬 아름다우신거 같아요."

룬이 리오도르의 제자라서 부러운 적은 한 번도 없었다. 하지만 한 폭의 그림과 같이 아름다운 여인과 단둘이 수련의 시간을 가지는 것을 상상하니 부러움을 넘어 동경이 될 정도였다.

"항상 수업시간에 옆에 계셔서 몰랐는데 룬님은 정말 대단한 사람이었군요."

"그런 걸로 따지자면 제이드님도 만만치 않은 사람이겠죠."

룬이 앞쪽에서 걷고 있는 신디아에게 시선을 두었다. 제이드가 그 시선을 따라가더니 아, 하며 고개를 끄덕였다.

"하긴 신디아님의 미모 또한 누구에게 절대 뒤지지 않으시죠. 얼마나 아름다우시면 밤바다 제 꿈속에 찾아오셨겠어요."

"제이드님은 신디아님을 좋아하십니까?"

"좋아하죠."

제이드가 물끄러미 룬을 바라보더니 대답했다.

"아뇨. 여자로 말입니다."

"언감생심. 제가 어찌 신디아님에게 연정을 품겠습니까."

"그럼 자꾸 생각난다고 해서 꼭 연정을 품은 건 아니겠지요?"

"그야 당연하지요."

대답을 하면서 제이드가 심상치 않은 눈으로 룬을 보았다.

"그런데 그런 걸 갑자기 왜 묻는 겁니까?"

제이드의 눈빛이 어느새 음흉하게 변했다.

"설마 좋아하는 사람이라도 생긴 겁니까?"

"…험험."

룬이 대답대신 헛기침을 했다.

"제 말이 맞군요."

"오해십니다. 제이드님께서도 방금 계속 생각난다고 해서 연정을 품은 건 아니라고 하시지 않았습니까?"

"그야 단순히 생각나는 것을 넘어 신경 쓰이고, 이렇게 누군가에게 물어 볼 정도라면 얘기가 다르죠. 룬님을 그렇게 신경쓰게 한 사람이 대체 누군지 정말 궁금하네요. 말해 보세요. 누구에요?"

룬은 대답을 하지 않았다. 하지만 룬의 시선은 저도 모르게 에일리아에게 닿아 있었다. 제이드가 그 시선을 따라가더니 경악한 얼굴을 하였다.

"서, 설마. 에일리아님?"

쥐 죽은 듯 아주 작은 목소리였다.

"저는 누구라고 얘기한 적 없습니다."

룬이 딱 잘라 말했지만 제이드는 의심의 눈초리를 지우지 않았다.

둘이 얘기를 하고 있는 사이 어느새 포장된 길이 끝나고 마차가 다닐 수 없는 자갈길이 나타났다. 폭도 좁아져 일행은 좀 더 빽빽이 붙어야했다. 애슐리 또한 마차에서 내려 땅을 밟아야 했다.

애슐리가 내리자 아카데미생들의 시선이 일제히 그녀에게 쏠렸다. 내색은 하고 있지 않았지만 소문으로만 듣던 제국의 공주가 과연 어떠한 모습을 하고 있는지는 다들 궁금한 것이었다.

오죽했으면 호위를 하러온 기사나 신관들마저 그녀가 마차에서 내리는 모습을 은근슬쩍 지켜보고 있었겠는가.

마침내 애슐리 공주가 마차에서 완전히 내렸고 그 모습은 지켜보는 이들의 기대를 충족시키기에 충분하였다.

"와. 저분이 제국의 공주인 모양이군요."

애슐리 공주가 마차에 내려 시야에 들어오자 제이드가 연신 감탄을 자아냈다. 정말 예쁘다느니, 옷이 정말 귀해 보인다느니, 걸음걸이가 꼭 한 잎의 꽃과 같다느니, 등의 칭찬이 계속 이어졌다.

"흥. 듣자듣자하니 창피해서 못 들어주겠군. 누가 촌놈 출실 아니랄까봐 타국의 공주를 보고 침을 질질 흘리는 꼴이라니."

그때 제이드의 말을 듣던 엘린이 말했다. 그는 동부지방의 귀족으로 그쪽 지방에서는 왕처럼 군림하는 드엔나르 백작의 장자였다.

그의 말투는 중얼거리는 것이었으나 제이드의 귀에 들릴 정도로 충분히 큰 음성이었다.

"지금 그거 나 들으라고 한 소리인가요?"

"혼잣말이었으니 신경 쓰지 마시오."

"들으라고 일부러 큰 소리로 중얼거리는 데 어떻게 신경을 안 씁니까?"

그러자 그가 흥 하고 코웃음을 쳤다.

"이래서 돈으로 작위를 산 놈들이랑은 말을 섞으면 안 돼는 것인데. 하나같이 패배의식에 젖어 도대체 여유가 없단 말이야."

"그러는 당신은 얼마나 여유가 있기에 그렇게 속좁은 소리나 하시는 겁니까?"

그가 고개를 돌려 제이드를 노려보았다.

"감히 내가 누군 줄 알고 그런 말을 하는 거요? 불과 몇 년 전만 하더라도 당신은 내 눈을 제대로 볼 수조차 없었어. 세상이 어찌되려고 한낱 돈 따위로 작위를 살 수 있게 만들어 놓다니."

한 나라를 왕이 다스리고, 왕이 귀족에게 영지를 하사하면, 그에 속한 평민들은 영주를 절대적으로 모시는 게 불과 십 년 전의 모습이었다.

하지만 귀족의 절대적인 권력 속에서 백성들은 갖은 핍박과 억압을 받았고 참다 참다 못한 백성들이 마침내 반기를 들고 일어났다.

아무리 권세가 높다 한들 그를 따르는 백성이 있어야 의미가 있는 법. 그들을 달리기 위해 왕은 평민들의 권리는 높여주고 반면 귀족들의 의무를 강화시켰다.

그 중 하나가 영지를 이동할 수 있는 자유이며, 평민과 귀족간에도 재판을 할 수 있게 한 것이었다. 또한 자신 소유의 노비가 아니면 아무리 귀족이라도 명을 내릴 수 없으며 작위를 돈으로 살 수 있는 것 또한 그 때 생겨난 것이었다.

"누가 들으면 몇 십 년은 산 늙은이 인줄 알겠습니다. 그러는 당신이야 말로 본인의 힘으로 은화 하나 벌어 보셨습니까? 그저 아버지가 귀족이라는 이유만으로 호의호식하며 자라온게 다 아닙니까? 당신의 힘으로 할 줄 아는 게 뭐가 있습니까?"

"흥. 우리의 조상들은 이 땅에 태어날 때부터 고귀한 존재였소. 그리고 나는 그 피를 이어받은 존귀한 존재. 당신

같은 사람과 같이 일을 할 이유가 없지. 그리고 아무리 세상이 바뀌었다지만 이곳은 당신 같은 촌놈이 올 곳이 아니오."

엘린이 기세등등하게 제이드를 노려보는 데 뒤에서 그를 밀치는 손 하나가 있었다.

"걸리적거리니까 저리 비키라고요."

"감히 누가……."

자신을 밀치는 손을 따라 얼굴을 돌리던 엘린은 말을 이을 수 없었다. 그 손의 주인공은 다름 아닌 제국의 공주, 애슐리였던 것이다.

"감히 접니다. 비키라는 소리 못 들으셨어요?"

물론 애슐리는 그의 뒤에서 비키라는 소리를 하기는 했다. 모기가 윙윙대는 만큼 아주 작은 소리기는 했지만.

"험험. 무례를 범했다면 용서하시옵소서. 허나 저는 이자와…"

"무례를 범한 줄 알았으면 알아서 좀 사라져 주는 그런 여유는 없으신가요?"

"……"

"돌려서 말하니 말귀를 못 알아먹으시는군요. 걸리적거리니까 좀 꺼져주시라고요."

한 나라의 공주가 내뱉기에는 너무나 거친 말이기에 엘

린은 자신이 잘 못 들었나 귀를 의심했다. 하지만 아무리 애슐리의 말을 상기 해봐도 들은 그대로였다.

"그대가 아무리 제국의 공주라지만 이곳은 엄연한 르니에르 왕국입니다. 그리고 나는 이 왕국의 순수한 귀족 혈통으로…"

엘린이 말을 하려는 데 애슐리가 다시 말을 끊었다.

"지금 제국의 공주인 내 앞에서 혈통을 운운하겠다는 건가요? 그렇게 따지자면 당신은 내 앞에 이렇게 서 있을 수도 없습니다. 당장 무릎을 꿇고 예를 차리세요. 그렇지 않다면 당신이 그토록 중요시하는 혈통의 권한으로 엄벌에 처하겠어요."

"아무리 공주님이라고는 하나 이곳은 제국이 아닙니다. 제가 섬기는 분은 이 나라의 국왕전하이지 황제폐하가 아닙니다."

"지금 저와 황제폐하가 당신의 국왕보다 아래라는 말을 하는 것인가요? 이는 황제폐하를 능멸하는 처사입니다. 도저히 참을 수 없군요. 이런 말을 듣고도 가만히 있는 다면 황제폐하를 욕보이는 짓. 대결을 벌여 당신의 죄를 묻겠어요. 검을 뽑으세요."

애슐리가 손짓을 하자 뒤에서 지켜보던 기사가 한 발 앞으로 나왔다. 은빛 투구를 사이로 비치는 그의 두 눈이 매섭기 빛나고 있었다.

"나, 제국의 공주 애슐리 윌리암스. 황제폐하를 욕보인 죄를 물어 그대에게 대결을 신청합니다."

좌중이 들을 수 있을 만큼 큰 목소리였다.

엘린은 은빛 플레이트메일을 두르고 있는 기사를 올려다 보았다. 플레이트메일의 좌측 가슴부근에는 [knight]라는 문양이 새겨져 있었다. 기사작위를 받은 자 중에서도 특히 뛰어난 자에게 붙여진 영광스런 문양이었다.

일반 기사도 상대하기 벅찬데 하물며 Knight의 문양을 하사 받은 기사라면 승부는 명약관화한 일이었다.

"대결은 나를 대리해 메라한센님께서 하실 것이며 그대 또한 기사의 작위가 없다면 대리인을 내세우는 것을 허락하겠습니다."

메라한센이라는 말을 듣는 순간 엘린의 머리는 하얘졌다. 그가 누군가. 한 번 칼을 뽑으면 반드시 그 대가를 받아내고야 마는 비정한 피의기사가 아니었던가.

"만약 그대가 황제폐하를 능멸한 죄를 인정하고 사죄의 뜻을 보인다면 대결은 없었던 일로 할 것이며 차후에 이를 문제 삼지 않을 것을 약속합니다."

좌중의 시선은 일제히 엘린에게 쏠렸다. 지금 애슐리는 명백히 억지를 부리고 있었다. 하지만 엘린을 보는 이들은 그 내막을 알지 못한다. 엘린이 제국의 황제를 능멸했고 그로 인해 애슐리 공주가 대결을 신청했다는 것만 볼 뿐이었다.

엘린은 주위를 둘러봤다. 모든 이의 시선이 자신에게 쏠려 있었다. 부담스러운 시선이었다. 마음속에서는 당당히 대결에 임하라고 말하고 있었다. 대결이 아니라면 애슐리가 억지를 부리고 있음을 명명백백하게 밝히라고 말하고 있었다.

하지만 선택의 여지가 없음을 그는 잘 알고 있었다. 공주가 이렇게 일을 크게 벌였다는 건 어떠한 억지를 쓰더라도 끝을 봐야겠다는 생각일 터였다.

"나 엘린 드엔나르. 제국의 황제폐하를 욕되게 한 점을 인정하며 이를 사죄합니다."

엘린이 가슴속에서 터져 나오는 울분을 간신히 참으며 예를 갖추어 말했다. 하지만 애슐리는 그게 아니라는 듯 고개를 내저었다.

"황제폐하를 능멸한 죄입니다. 무릎을 꿇으세요."

"어찌 그런…."

엘린은 당황했다. 모두가 보는 앞에서 애슐리의 말에 인정하여 사죄를 하는 것만으로도 씻을 수 없는 치욕을 견뎌내는 것이었다.

단순히 사과를 하는 것만으로도 그럴 지언데 무릎을 꿇으라니. 그것은 아무리 목숨을 거는 일이라 하더라도 불가한 일이었다.

엘린의 손이 슬금슬금 검집으로 향했다.

"잠시만요."

애슐리는 소리가 들린 곳으로 시선을 돌렸다. 에일리아
가 느릿한 걸음으로 걸어오고 있었다.

"저는 지금 대 황제폐하를 모욕한 자와 얘기를 하고 있
어요. 무슨 일이시죠?"

"안녕하세요. 저는 르니에르 왕국의 공녀(Herzogin) 에
일리아라고 합니다."

그녀의 신분이나 이름 따위는 애슐리도 아는 것이었
고 에일리아도 이를 알고 있었다. 다만 그것을 입 밖으로
꺼냄으로써 사사로운 이유로 온 것이 아님을 밝힌 것이
다.

"에일리아 영애셨군요."

제국에는 공녀라는 개념이 따로 없었으며 공주 의외의
여식은 영애라고 불렸다. 간혹 제국의 특정지역에서는 왕
의 딸이나 공작의 딸도 공주라 뭉뚱그려 부르는 곳도 있었
는데 콧대가 높은 애슐리는 그를 용인할리 없었다.

"어쩐 일이시죠? 저는 지금 공식적으로 이자와 이야기
를 하고 있고, 만약 에일리아님께서 끼어드신다면 이에 대
한 책임 또한 떠맡는 다는 걸 알고 계신가요?"

"알고 있습니다."

"좋아요. 그럼 얘기해보세요."

"구체적으로 엘린님께서 어떻게 황제폐하와 공주님을 모욕했는지 알 수 있을까요."

"지금 나에게 그 모욕적인 순간을 다시 상기하라는 것인가요?"

"엘린님께서 황제폐하를 모욕했다는 것은 오직 애슐리님의 입을 통해서만 입증되고 있습니다. 애슐리님을 의심하는 건 아니지만 한 사람의 안위가 걸린 문제입니다. 확실하게 집고 넘어갈 필요가 있습니다."

애슐리가 빤히 에일리아를 노려보았다. 연회장에서 자신의 말 몇 마디에 당황하던 여자의 모습은 전혀 보이지 않았다. 왕국의 최상위 귀족으로써 왕국의 일원을 지켜야 한다는 사명감을 가진 여인만이 있을 뿐이었다.

"좋아요. 그럼 말씀 드리죠. 저자는 내게 자신보다 상대를 깔볼 때나 사용할 수 있는 '감히' 라는 표현을 사용했습니다. 또한 르니에르왕국의 왕이 제국의 황제폐하보다 못하다는 발언으로써 황제폐하를 욕보이셨습니다. 이 정도면 답이 되었나요?"

애슐리 공주는 에일리아에게 한 발 다가갔다. 메라헨센이 그녀의 뒤를 바짝 따랐다. 유난히 플레이트메일에 비친 knight라는 문양이 반짝거렸다.

"이제는 에일리아님의 차례입니다. 말했듯 에일리아님께서 이자를 대신하고자 나섰으니 이 일에 대한 책임을 지셔야 합니다."

애슐리가 메라헨센에게 눈짓했다. 메라헨센이 고개를
조아리고는 성큼성큼 앞으로 나갔다. 그의 손은 당장이라
도 발검을 할 태세로 검집에 올려져 있었다.

상황을 지켜보던 신디아가 도저히 참을 수 없었던지 막
나서려고 했다.

그런데 그녀보다 한 발 먼저 나서는 이가 있었다.

"잠시만 기다려 주시겠습니까."

어느새 애슐리 공주의 앞까지 걸어온 룬이 말했다.

"인사드리겠습니다. 저는 베르난도백작가의 룬이라고
합니다."

"무슨 하실 말씀이라도 있으신가요?"

"그렇습니다."

애슐리가 말을 해보라는 듯 턱짓을 했다.

"공주님께서 오해를 하신 것 같아 이렇게 나서게 되었
습니다."

"오해라니요?"

"이분께서 '감히' 라는 말을 한 건 공주님이 누구인지
모르고 한 말이며, 또한 황제폐하를 국왕전하보다 못하다
고 한 건 본인이 모시고 있는 분이 국왕전하라는 걸 강조
하고 싶었던 것이지 결코 황제폐하를 모욕한 것이 아닙니
다. 그러니 공주님께서는 넓은 아량을 베푸시어 그를 용서

해 주심이 어떨는지요."

애슐리가 못마땅한 얼굴로 룬과 에일리아를 번갈아가면서 보았다. 표정으로 봐서는 에일리아가 나설 때와 마찬가지로 쉬이 물러날 것 같지 않았다.

"만약 그렇다면 어째서 나에게 변명을 하지 않은 거죠?"

애슐리의 시선이 엘린에게 향했다. 하지만 대답은 룬에게서 들려왔다.

"설전으로 공주님의 심기를 더 불편하게 만들고 싶지 않았기 때문일 겁니다."

애슐리가 다시 룬을 째려보았다. 그녀의 눈에는 책망의 빛이 담겨 있었다.

"이곳이 르니에르왕국이라는 걸 잠시 잊었군요. 나와 황제폐하를 모욕한자를 눈 앞에 두고도 마음대로 대결조차 할 수 없다니. 내가 룬님을 다시 책망한다면 또 누가 나설지 모르겠군요. 좋아요. 당신들의 뜻을 받아들여 이번일은 사과를 받은 것으로 치고 묻어두도록 하죠."

"감사합니다."

룬이 머리를 숙이며 감사의 뜻을 표했다.

"그대는 돌아가도 좋아요. 이 일은 없었던 것으로 하죠."

엘린은 다소 불만스러운 얼굴을 하고 있었으나 이내 애슐리의 말에 따랐다.

엘린이 제 자리로 돌아가자 에일리아와 룬이 어색하게 눈을 주고받았다. 에일리아는 룬과 애슐리를 한 번 보더니 원래 있던 곳으로 돌아갔다.

사건의 발단은 엘린으로부터 시작 된 것이나 주고받는 시선만 본다면 애슐리와 에일리아, 그리고 룬의 문제로 착각이 들 정도였다.

에일리아가 가는 것을 본 애슐리가 룬에게 다가와 말을 걸었다.

"괜한 짓을 하셨군요. 누구 때문에 나선 건 줄도 모르고."

"알고 있습니다. 하지만 굳이 분란을 만들어서 좋을 게 뭐가 있겠습니까."

"그 흐리멍텅한 성격은 여전하시군요."

에일리아가 흥하고 코웃음치며 제이드를 바라보았다.

"당신은 이름이 뭐죠?"

"……."

제이드는 설마 제국의 공주가 자신에게 말을 걸어 온 건가? 하며 얼이 빠진 얼굴을 하였다.

"이봐요. 사람이 물었으면 대답을 해야죠."

"아, 예. 제이드라고 합니다."

"제이드? 뜻이 뭐죠?"

"없습니다, 그런 건."

"평민인 모양이군요? 하긴 제국에서 몇 년 전에나 입고 다니던 구식 옷이나 입는 자에게 무시를 당하는 걸 보면 귀족은 아닐테죠."

상대를 다소 불쾌하게 만들 수 있는 언행이었으나 애슐리는 원래 그런 것을 잘 신경 쓰지 않는 사람이었다. 상대를 깔보기 위해 악의적으로 말했다기보다는 자신의 말이 상대방에게 어떻게 받아들여질까 배려하지 않고 입밖으로 꺼내는 성격일 뿐이었다.

"아니요. 얼마 전에 남작의 작위를 하사받았습니다."

"아참. 이곳은 돈으로 남작의 작위를 살 수 있는 곳이었죠. 참 신기한 곳이에요."

"허울만 귀족일 뿐 여전히 전통적인 귀족으로 대우를 해주는 건 아닙니다."

"콧대 높은 자들이 평민출신의 귀족을 인정해 줄리 만무하죠. 하여튼 어디를 가나 별 볼일 없는 권력을 가지고 으스대는 사람이 있는 건 똑같다니까."

"……"

제이드는 뭐라 대답을 해야 할지 몰라 침묵을 지켰다.

"제가 충고하나 해드릴까요?"

"예?"

"다시 이렇게 무시를 당하지 않으려면 힘을 길러야 해요. 그게 아니라면 힘이 있는 자를 곁에 두어야 하죠. 그런 점에서 이 변방의 귀족 친구는 당신을 지켜 줄 만한 친구는 아닌 것 같군요."

"제가 힘이 없는 데 힘 있는 자를 어떻게 친구로 두겠습
니까. 그리고 저는 이런 일에 익숙하여 아무렇지도 않으니
심려치 마세요."

"호호호."

애슐리는 뭐가 그리 재미있는 지 깔깔거리며 웃었다. 아
마도 자신의 눈도 제대로 쳐다보지 못하고 발만 동동 구르
고 있는 평민출신의 귀족이 그래도 한 마디 한 마디 대답
을 하는 게 재미있는 모양이었다.

애슐리의 웃음이 끝나자 잠시 치묵의 시간이 다가왔다.
애슐리는 제이드와 룬을 번갈아 가면서 보았다. 제이드가
슬쩍 애슐리에게 말을 걸었다.

"다른 볼일이 있었는 데 깜빡했네요. 뵙게 되어 영광이
었습니다 공주님."

몬스터토벌을 하러 가는 와중에 다른 할 일이 뭐가 있겠
냐마는, 제이드는 조금 어설프게 예를 갖추며 룬과 애슐리
가 있는 곳을 벗어났다.

제이드가 벗어남과 동시에 몬스터토벌 인원들도 다시
행군을 시작했다.

메라한센은 원래 있던 진영으로 돌아갔고 애슐리와 룬
은 행군 속도에 맞추며 나란히 앞으로 걸어갔다.

"영특한 친구군요. 좋은 가문에서 태어났다면 꽤 쓰임

이 있는 사람이 될 수도 있었을텐데."

"아카데미에 오기 전까지 무역을 하며 나라에 보탬이 되던 사람이었습니다."

"그런가요? 사절단에서는 왜 말도 없이 사라진 거죠? 설마 몬스터토벌을 하러 오기 위해서는 아닐 테고."

"전에도 말씀드렸다시피 저는 그 일에 어울리는 사람이 아니었습니다. 제 자리를 찾은 것 뿐이죠. 인사를 드리지 못한 점은 저도 죄송하게 생각하고 있습니다."

건성으로 룬의 대답을 듣던 애슐리가 힐끔 거리며 에일리아가 있는 쪽을 바라보았다.

"연회 이후에 저 영애와 무슨 일이 있었던 거죠?"

거의 확신에 찬 음성이었다.

"아닙니다."

"눈도 제대로 못 마주치는 게 별일이 없긴요. 후후. 이렇게 어색해 진걸 보면 서로의 뜻이 달랐던 모양이죠?"

"……"

룬은 여자들의 눈에는 그 미묘한 것들이 눈에 보이나? 하고 생각했다.

"능력은 있으나 가문이 뒷받침 되지 않는 당신에게는 아주 좋은 기회였을 텐데요. 아니면 공작의 영애로는 만족을 못하신 건가요? 그도 아니면 왕자의 원성을 살 것이 두려웠던 건가요?"

"저는 그런 것들에는 관심이 없습니다."

"그럼 관심 있는 게 뭐죠?"

"딱히 관심 있는 것은 없습니다."

룬의 음성에는 조금의 짜증이 묻어 있었다.

"호호호."

그럼에도 애슐리는 웃었다.

"그거 아요? 여태까지 나와 함께 있으면서 한 번도 감정을 드러낸 적이 없다는 걸. 그럼에도 이런 사소한 질문에 짜증을 내는 걸 보면 관심이 없다는 말은 거짓이죠."

"……."

"대답이 없는 걸 보니 제 말에 수긍을 하는 모양이시군요."

애슐리 공주가 자신이 원래 있던 진형을 바라봤다.

"한 번 자신의 깊은 속내를 제대로 들여다보세요."

그 말을 끝으로 애슐리 공주는 원래 있던 곳으로 돌아갔다.

❖

에일리아가 몬스터토벌대에 섞여 앞으로 걸어가고 있는 가운데 어느새 신디아가 옆으로 다가왔다.

"무슨 생각을 그렇게 해? 뭐 안 좋은 일이라도 있어?"

"아무것도 아니야."

"아무것도 아닌 게 아닌데."

"그냥. 이것저것 생각할 게 많아서 그래. 그런데 이래도 되는 거야?"

에일리아가 주변을 둘러보았다. 많지는 않지만 이곳을 힐끔거리는 시선이 종종 있었다. 한 나라의 공녀와 평범한 여인이 편하게 말을 주고받는 건 분명 흔한 광경은 아니었다.

"어차피 조금 있으면 내가 누군지 다 알게 될 텐데 뭐 어때."

"하긴."

대답을 하며 에일리아는 고개를 숙였다.

"왜 그래. 정말 무슨 일이 있어?"

"사실은, 너한테 미안한 일이 있어. 그래서 얼굴을 마주 볼 용기가 안 나네."

"무슨 일인지 모르겠지만 속 시원히 말해봐."

"나중에………."

"좋아. 준비가 되면 그때 얘기를 해. 그때 듣고 미안한 일인지 아닌지 판단할게. 하지만 그 전까지는 그런 얼굴하고 있지마."

에일리아가 고개를 들어 신디아를 빤히 보았다. 그리고는 환하게 웃었다.

"고마워."

산세가 더욱 험해지는 가운데 산에 어울리지 않게 자갈로된 지형이 나타났다.

"이곳에서 쉬고 가도록 하겠습니다."

룬은 지휘대장의 외침에 자갈밭으로 된 땅에 앉았다. 그리고 사절단에게 시선을 돌렸다.

사절단의 수는 아카데미측 인원만큼이나 많았다. 그들은 모두 은빛플레이트메일을 입고 있었는데, 제법 더운 날임에도 얼굴전체를 가리고 있는 투구를 쓰고 있었다.

전신이 갑옷으로 가려져 있었기에 갑옷에 나타나있는 문양이 없다면 외형으로 그가 누구인지 알아내기란 힘들어 보였다.

룬이 사절단에 생각하고 있는 사이 다시 행군을 한다는 소리가 들렸다.

자갈밭을 얼마 지나지 않아 다시 험한 산세가 이어졌다.

쿠오오--.

그리고 몬스터의 괴성이 들리기 시작했다.

그 소리에 아카데미생들이 다들 오싹해 하며 긴장을 하기 시작했다.

"긴장하지 마세요. 긴장은 근육을 굳게 하고 이는 경직된 검술로 이어집니다. 이곳의 몬스터는 오크와 같은 하급몬스터뿐이니 여러분들의 실력으로 충분히 제압 가능할 겁니다."

지휘대장의 말이 있고 얼마 지나지 않아 수십마리의 오크의 무리가 나타났다.

그들은 돼지같이 생긴 얼굴에 초록피부를 하고 있었다. 손에는 무식해 보이는 모습만큼이나 커다란 도끼나 검이 들려 있었는데 제대로 세공된 게 아니라서 투박하기 이를 때 없었다.

"취이. 인간…… 인간이다."

그들 중 가장 덩치가 큰 오크가 소리쳤다. 그들의 음성은 수정구에서 흘러나오는 잡음 같았다.

"모두들 진형을 갖추도록 하세요. 그리고 기사들은 학생들의 옆에서 안전을 지켜주세요."

지휘대장의 외침에 아카데미생들이 반 원형을 그리며 오크를 둘러쌓다. 그 바싹 뒤로 기사들이 자리했다. 사절단들은 그들이 어떻게 몬스터 사냥을 하나 지켜보고 있었다.

"취이. 인간…… 죽인다……취이."

대장오크가 다시 말했고 호전적인 오크들은 막무가내로 달려들기 시작했다.

몬스터라지만 처음 겪는 실전에 아카데미생들의 얼굴에는 긴장감이 서려 있었다.

하지만 신디아와 에일리아는 연회장에서의 사건 때문에 면역이 되어서 인지 다른 이들보다 긴장감이 덜해보였다.

물론 룬은 한낱 오크와 싸워야 된다는 사실이 귀찮을 뿐 아무런 감흥도 없었다.

챙챙챙——.

곧이어 병장기가 부딪치는 소리들이 이곳저곳에서 울렸다.

룬은 살생을 제법 해보았지만 아무런 죄도 없는 오크들을 살육하는 것이 내키지 않아 싸우지 않고 멀뚱히 서 있었다. 어차피 아카데미생들의 인원이 더 많아서 굳이 나설 필요도 없었다.

한데, 룬을 담당하고 있던 기사가 이를 보더니 룬에게 한마디 해왔다.

"당신은 왜 가만히 있는 것이오?"

"몬스터가 없는 데 그럼 어쩌겠습니까?"

"저기 보이는 당신의 동료를 도와주면 되지 않소?"

룬이 기사가 가리킨 곳으로 시선을 돌렸다. 아카데미생 둘이 오크 하나를 붙잡고 도륙을 하고 있었다.

"저들이 정녕 제 도움이 필요하다고 보십니까?"

"혹여 겁을 먹은 것이오?"

"뭐…."

룬이 대답을 하려는 찰나 진형을 이탈한 오크가 룬에게 달려들기 시작했다.

어쩔 수 없이 룬은 검을 뽑아 들어야겠다.

챙챙--.

룬은 오크의 사정없는 공격을 그저 막고만 있었다. 룬은 마치 인형을 상대하듯 오크의 도끼를 칼로 쳐내며 시간을 보냈다.

어느덧 주위의 오크들이 거의 전멸 상태에 다다랐다. 룬은 칼등으로 오크의 머리를 쳐 기절시켜 버렸다.

룬은 주위를 둘러보았다. 오크들의 시체가 바닥에 널부러져 있었고 초록색 내장들과 피들이 한데 섞여 있었다. 코에서는 오크 특유의 악취가 진동했다.

"여러분의 용기로 사악한 오크들이 모두 자연의 품으로 돌아갔습니다."

지휘대장은 아카데미생들을 격려한 뒤에 오크들을 물리친 곳에서 조금 떨어진 곳에 자리를 잡았다.

"이제부터 식사를 하도록 하겠습니다. 자유롭게 행동하셔도 됩니다만 반드시 1시간 후에는 이 자리에 모여 주셔야 합니다."

그 말에 아카데미생들이 반색을 하며 준비 해 온 빵이나 우유 따위를 먹기 시작했다.

음식을 먹는 그들의 얼굴은 다들 제각각이었다. 한낱 오크 따위의 마물에게 주눅이 들어 얼굴이 창백해진 이. 묘한 희열감에 손을 부르르 떨고 있는 이. 그리고 별 감흥 없이 앉아 있는 이.

룬은 빵을 몇 개 집어먹고는 근처 개울가로 향했다.

"책에서만 보던 오크를 직접 상대하다니 정말 엄청난 일이야."

한 학생이 들뜬 음성으로 말했다.

"흥. 이런 오크따위를 죽인게 뭐 대수라고."

그러자 그의 앞에 있던 학생이 코웃음을 치며 대꾸했다.

"그런데 그 리오도르님의 제자라는 사람 말이야. 그 사람한테는 이런 오크따위는 아무것도 아니겠지?"

"소문 못들었어? 그는 리오도르님이 실력을 보고 뽑은 게 아니래. 실제로 검술도 형편없고. 아까 보니까 오크 한 마리를 가지고 쩔쩔매던데."

"그럼 그 소문이 과장된 걸까?"

"무슨 소문?"

"왜. 제국 최고의 검사중 하나인 아틀란드님과 호각을 겨루었다는 말."

"푸훗."

어이가 없다는 웃음이었다.

"상식적으로 생각해봐. 이제 막 아카데미에 입학한 새내기와 최고의 기사가 호각을 겨룬다는 게 말이나 돼? 그리고 그곳에 있던 사람들은 대부분은 검술의 검자도 모르는 어르신들뿐이었어. 파락호가 휘두르는 주먹을 보고도 오오, 할 사람들이지."

"그런가?"

두 학생이 대화를 하고 있는 사이 이를 지켜보는 시선 두 개가 있었다.

"참아, 에일리아."

"난 뒤에서 저렇게 남을 험담하는 사람이 제일 싫어."

"지금은 오크들을 살생한 이후라 다들 흥분해 있는 상태야. 괜한 분란을 만들어서는 안돼."

에일리아가 화를 삭이며 긴 숨을 내쉬었다.

"그런데 너는 룬님의 실력이 궁금하지 않니?"

"그게 무슨 말이야?"

"네가 룬님을 처음 봤을 때 분명 검술의 검자도 모르는 초짜라고 했잖아. 그런데 그 말을 한지 얼마 지나지 않아 헤럴드님과 대련에서 호각을 이루었고, 또 일전에는 아틀란드님과 대결을 벌였지. 넌 이게 상식적으로 가능한 일이라고 생각하니?"

에일리아가 고개를 숙이며 생각에 잠겼다. 리오도르의 지시로 룬과 대결을 벌였을 때만 해도 분명 예상 밖으로 강하기는 했지만 별 볼일 없었던 게 사실이었다.

하지만 불과 얼마 지나지 않아 제국 최고의 검사라는 아틀란드와 대결을 벌였다. 물론 양국의 입장을 생각해 그가 손에 사정을 두었겠지만 그것을 생각하더라도 불가사이한 일이기는 했다.

"그뿐만이 아니야. 방금 오크를 상대할 때 봤니? 아무리 오크가 하급몬스터라지만 목숨을 내놓고 검을 휘둘러야 하는 상황에서 마치 장난을 치듯 오크의 도끼를 쳐내고 있었어. 나는 머리털이 쭈뼛 서도록 긴장했는데 말이야."

에일리아는 마지막까지 오크를 상대하고 있었기에 룬의 모습은 보지 못했다.

하지만 그녀도 손에 땀이날 정도로 긴장을 한 것이 사실이었다. 오크들이 자신보다 명백히 약하다는 사실을 알고 있음에도 말이다.

아무리 상대가 약하다 하더라도 목숨을 내놓고 하는 실전이 주는 무게감 때문이었다. 그것은 오크를 상대할 때뿐만 아니라 이미 연회장에서도 경험해 본 일이었다.

"확실히 이상하긴 하지……."

그러고 보면 룬을 대하는 리오도르의 태도도 그러했다. 처음에는 연무장이나 뛰게 하는 지극히 기초적인 훈련을 시키더니 얼마 지나지 않아서는 대련을 하게하고 또 얼마 지나지 않아서는 상승검술을 가리키고 있지 않았는가.

어느덧 점심시간이 끝이 났고 일행은 다시 산세를 오르기 시작했다.

산세는 처음에는 험하더니 깊숙이 들어갈수록 오히려 경사가 그리 높지 않은 지역이 많이 나왔다.

처음에 만났던 오크무리 이외에는 몬스터들도 출몰하지 않았다.

그러다보니 아카데미생들의 긴장도 서서히 풀리기 시작했고 주위의 환경이 차츰 눈에 들어왔다.

이곳은 사람의 손이 닿지 않는 자연 그대로의 상태를 유지하고 있었기에 풍경은 제법 장관이라 할 수 있었다.

그래서 중인들은 이곳에 무슨 일을 하러 온 것인지도 망각한 채 그 풍경을 넋을 잃고 바라보았다.

바르텐시내를 코웃음 치며 지나치던 애슐리 공주도 이곳의 풍경만은 꽤 인상 깊게 보고 있었다.

'붉은 단풍이 벌써부터 지는 곳이라…… 사람의 발길이 닿지 않는 곳이나 간혹 나무들이 쓰러져 있는 게 보인다. 나무에 잎이 없는 곳도 많다.'

룬은 붉을 색을 하고 있는 스페이드모양의 나뭇잎을 하나 주웠다. 그것은 쓰러져 있는 나무의 잎이었다. 오우거나 트롤이 좋아하는 나뭇잎이기도 했다.

'더 이상 앞으로 가다가는 위험하다.'

룬은 곧장 지휘대장에게 갔다. 그리고 이곳이 오우거의 서식지일 가능성이 높다는 이야기를 했다. 그러자 지휘대장이 코웃음을 치며 대꾸했다.

"얼굴이 낯이 익지 않을 걸 보니 내 클라스 학생이 아닌 모양이군요. 나는 몬스터토벌 수업을 십수 년째 해왔고 이 일에 있어서는 당신보다는 내가 전문가요. 오우거가 나뭇잎을 먹는다고? 내 살다 살다 별 희한한 소리를 다 듣겠군."

오거같은 맹수몬스터는 육식을 하는 것으로 알려져 있었다. 같은 몬스터들이나 짐승들을 잡아 먹기도 하고, 간혹 민가를 덮쳐 인간을 먹는 오거도 있었다. 조금 허황된 이야기지만 물가에 서식하는 오거들이 물고기를 잡아 먹는 다는 이야기도 있었다.

하지만 그 어디에서도 오우거가 풀을 먹는 다는 이야기는 없었다.

"이는 제가 직접 본 것입니다. 주변의 쓰러진 나무가 유독 많은 게 보이지 않습니까? 그리고 그 나무들은 어김없이 잎들이 모두 사라져 있습니다."

"나무야 오래되면 스스로 쓰러질 수 있는 것이고, 쓰러진 나무에 잎이 없는 건 당연한 일. 그리고 설령 누군가 나무를 쓰러뜨려 잎을 먹었다 하더라도 그게 오우거라는 보장이 어디있습니까? 저는 당신과 쓸데 없는 말로 낭비 할 시간이 없으니 제 자리로 돌아가 주세요."

만약 그가 조금만 마음의 문을 열고 룬이 말한 나무를 살폈다면, 거대한 도끼에 의해 쓰러졌다는 걸 발견했을 것이다.

하지만 그는 룬의 말을 처음부터 헛소리로 치부했기에 그럴 마음이 전혀 없었다.

이후로도 룬이 몇 번이나 더 간청했지만 지휘대장은 이를 깔끔하게 무시해 버렸다.

"만약 이로 인해 문제가 생긴다면 교관님께서는 책임을 면치 못하실 겁니다."

룬이 못 박듯 말했지만 지휘대장은 역시나 코웃음을 쳤다.

쿠오오――.

얼마 지나지 않아 몬스터의 괴성이 들려왔다.

한번 살가죽을 베는 맛을 느낀 아카데미생들은 긴장하면서도 한편으로는 기대감에 부풀어 올랐다.

쿠오오――.

소리는 점점 더 가까이 다가왔다.

부스럭――.부스럭――.

이윽고 기척소리가 들릴 만큼 가까이 다가왔다. 마침내 몬스터들이 모습을 드러냈다. 그리고 그 모습은 일행들의 경악을 자아내기에 충분했다.

"오, 오거…… 오우거다."

누군가 소리쳤고 주위는 순식간에 아수라장이 되었다.

오우거. 명실상부 지상 최대의 몬스터였다. 특히나 초록색 오우거들 사이로 갈색 몸을 가진 머리가 두 개 달린 몬스터는 오우거중에서도 가장 강하다는 트윈헤드오우거였다.

"학부생들은 모두 물러서세요."

지휘대장은 망연자실하면서도 본인의 역할을 충실히 수행했다.

그의 지시에 따라 학생들을 뒤로 물러났고 기사들이 오우거와 대치했다.

오우거는 기사들을 보자마자 자신의 먹잇감으로 인지하고 곧바로 달려들었다.

순식간에 오우거들과 기사들의 교전이 펼쳐졌다. 오우거의 커다란 도끼에 패대기 쳐지는 기사들. 간간히 오러로 오우거의 심장을 찌르는 기사들.

하지만 전체적으로 기사들의 열세임은 분명해 보았다.

'오우거들이 이처럼 때로 다니다니…… 이해할 수 없는 일이군.'

오우거들은 강한 만큼이나 소수로 다닌 다고 알려져 있었다. 하지만 호위대장이 오우거가 나뭇잎을 먹는다는 걸 몰랐듯 무리지어다니는 오우거가 있다는 걸 모르는 것일 수도 있는 것이었다.

상황은 점점 더 안 좋아 지고 있었다. 벌써 몇몇의 기사들이 쓰러졌고 그 틈을 타고 아카데미생들이 있는 곳까지 오우거들이 달려들기 시작했다.

아카데미생들이 혼비백산 하는 가운데 용기있는 누군가가 소리쳤다.

"우리는 자랑스러운 그래플아카데미의 학생입니다. 오우거가 아무리 강하다 한들 한낱 몬스터에 지나지 않습니다. 여러분. 용기를 내어 싸웁시다."

그 소리가 자극이 된 것인지 정신을 차린 아카데미생들이 오우거를 향해 그동안 갈고닦았던 검술을 펼치기 시작했다.

조금 더 현명한 자는 사절단에게 달려가 손을 내밀었다. 하지만 돌아오는 것은 싸늘한 말 뿐이었다.

"우리는 공주님을 지켜야 하기 때문에 진형을 벗어 날 수 없소."

어느새 기사들은 더더욱 수세에 몰렸고 그만큼 더 많은 오우거들이 진형을 벗어났다.

룬은 곤란한 얼굴로 상황을 지켜보고 있었다. 오우거의 가죽은 일반검으로는 뚫을 수 없었다. 그렇다고 오러를 사용할 수 있는 것도 아니었다.

마법을 사용한다면 얘기는 달라지겠지만 그러기에는 보는 눈이 너무 많았다.

룬은 주위를 둘러보다 커다란 나무를 발견했다. 그리고 은밀하게 그 위로 올라갔다.

때마침 오우거들이 신디아와 에일리아가 있는 곳으로 다가왔다.

그녀들은 오러를 일으키며 오우거를 맞상대 해나갔다.

하지만 오우거의 압도적인 힘 때문에 휘청거리듯 싸워야
했다.

룬이 그 장면을 보고 있다가 파이어에로우를 여러번 중
첩캐스팅해 오우거의 눈알로 날렸다.

파이어에로우보다 상위 마법을 사용할 수도 있으나 흔
적이 남을 수 있었고 또 정확도 면에서는 파이어에로우가
가장 우수 했기에 이 마법을 선택한 것이었다.

신디아와 에일리아는 자신들이 상대하던 오우거가 돌연
괴성을 지르는 것을 목격했다.

잠시의 틈이지만 그 찰나의 순간을 놓치지 않고 오러를
머금을 검을 오우거의 심장에 꽂아 넣었다.

쿵—.

어떠한 충격에도 쓰러지지 않을 것 같던 오우거가 바닥
에 무릎을 꿇으며 쓰러졌다.

"허억허억."

그녀들의 입에서 거친 숨소리가 나왔다. 극도의 긴장감
에서 나온 증상이었다.

룬은 나무 위에서 계속 상황을 주시했다. 그러다 오우거
의 가죽을 뚫을 만큼 충분한 중첩캐스팅이 이루어지면 적
제적소에 마법을 날렸다.

기사들은 자신과 싸우던 오우거가 돌연 괴성을 지르며
쓰러지는 괴상한 경험을 해야했다.

룬의 지원덕분인지 기사들이 오우거를 압도할 정도가
되었다.

룬은 나무에서 내려오려했다. 그런데 그때 사절단의 기
사 한명이 오우거와 싸우는 것이 눈에 들어왔다.

그는 방금 룬이 오크를 상대할 때처럼 건성건성 날아오
는 도끼를 쳐내고 있었다. 심지어 땅에서 한발자국도 때지
않았고 반격조차 하지 않았다.

룬이 그를 주의해서 보니 평기사가 입고다니는 갑옷을
입고 있었다.

평기사가 오우거를 장난치듯 상대한다?

룬은 나무에서 내려왔다. 그리고 오우거가 흘린 도끼를
주어 은밀하게 기사를 향해 날렸다.

오우거와 룬이 날린 도끼가 동시에 기사에게 향했다. 순
간 기사의 검에서 시퍼런 오러가 서렸다. 그가 아래에서
위로 검을 긋자 오우거가 반쪽으로 쭉 갈라졌다.

그는 검을 멈추지 않고 날아오던 도끼도 그대로 쪼개버
렸다.

'마스터급의 실력자다.'

오우거를 단번에 양단낼 정도의 오러라면 마스터정도의
실력이 아니고서는 불가능한 일이었다. 이해할 수 없는 것
은 그러한 실력자가 어째서 평기사의 갑옷을 입고 있느냐
하는 것이었다.

따지고 보면 이상한 점은 그뿐만이 아니었다. 산에 오르는 데 거추장스러운 갑옷을 입고 있다는 점이나 필요 이상으로 많은 수가 온 것도 이해할 수 없는 점이었다.

'왜? 무엇 때문에 저렇게 많은 인원이 이곳에 온 거지? 마스터급의 실력자를 평기사처럼 속이면서까지 말이야.'

생각을 하던 룬은 문득 아틀란드가 목걸이를 건네주던 것을 떠올렸다. 붉은 빛이 돌던 목걸이를 받는 순간 푸른 빛이 돌던 그 순간을.

'나에 대해 눈치를 챈 건가? 하지만 고작 나 하나를 어찌하기 위해 모인 사람들치고는 너무 과하다.'

룬은 다시 기사들을 훑어 보았다. 갑옷속에 가려진 그들의 모습은 겉모습으로는 누구인지 분간이 되지를 않았다. 평범한 기사의 모습을 한 한 명은 실은 마스터였으며, 다른 기사들이라고 보이는 데로 믿을 수는 없는 노릇이었다.

'그렇다는 건 이곳에 있는 전부를 전멸시키고도 남는 전력이다. 설마 애틀란을 공략하는 것 뿐만 아니라 이곳에서도 동시다발적으로 군사들이 들고 일어나는 것인가.'

확신할 수는 없는 일이었다. 하지만 돌아가는 정황은 그렇게 애기를 하고 있었다.

❖

오우거들은 모두 쓰러졌고 상황은 일단락이 되었다. 왕국의 기사들 중에 두 명이 목숨을 잃었고 대부분의 자들이 부상을 입었다. 멀쩡한 기사는 몇 되지 않았다. 기사들만큼은 아니지만 아카데미생들중에서도 사상자와 부상자가 있었다. 그나마 멀쩡한 기사들이 시신을 수습하고 신관들은 부상자를 치료했다.

그래플아카데미측의 인원이 분주하게 움직이고 있는 것과 달리 사절단은 여유가 있는 모습이었다.

"오우거무리라니…… 얘기치 않게 상황이 좋게 돌아가는군요."

메라헨센이 말했다. 원래의 계획은 산속 깊숙이 들어간 다음 룬과 신디아, 그리고 에일리아를 제외한 모두를 척살하는 것이었다. 그런데 중간에 의도치 않은 오우거무리가 나타났고 그로인해 아카데미측의 전력은 확연히 줄어들었다.

"대업을 이루라는 하늘의 뜻이겠지."

대답을 한 이는 평기사복을 입고 있는 요르망이었다. 그는 제국의 몇 안되는 마스터였지만 전력을 속이기 위해 평기사복을 하고 있었다.

"어떻게 할까요? 지금 이 자리에서 거사를 치룰까요?"

"저들의 전력이 무너졌으니 그 또한 나쁠 건 없겠지."

요르망이 다부진 자세로 서 있는 기사들을 훑어보았다.

"아틀란드님의 말에 따르면 룬이라는 자의 실력이 제법이라고 하더구나."

"아틀란드님이 직접 말씀하신겁니까? 음…… 저는 그때 보지는 못했지만 당연히 아틀란드님께서 사정을 두신줄 알았는데."

"물론 그렇기야 하겠지. 아무리 뛰어나다 한들 이제갓 스물에 들어선 어린 검사가 아틀란드님과 호각을 겨룰 수는 없겠지. 하지만 아틀란드님이 인정한만큼 생각보다 만만치는 않을 거다."

"그럼, 좀 더 확실한 방법을 선택하죠. 전투가 시작되면 죽이는 건 어렵지만 사로잡는 건 몇 배는 힘든 일이 아닙니까. 차라리 그를 이쪽으로 유인 한 뒤에 생포하죠. 왕국의 공주야 검술이 그리 뛰어나지 않을 테니 전투가 벌어진 후에 생포해도 괜찮을 테지만요."

대답을 하는 대신 요르망은 메라헨센을 빤히 보았다.

"후훗. 많이 변했군. 이전의 자네라면 절대적으로 검을 신뢰했을 텐데 말이야."

"변하지 않는 사람은 없습니다."

"변하지 않는 사람은 없다…."

요르망의 얼굴에 쓸쓸함이 스쳤다. 처음에 검을 잡은 동료들은 하나같이 의지에 차 있었다. 하지만 시간이 지나고 현실에 벽에 부딪쳐 하나 둘씩 변질되어 갔다. 처음의 그

열정을 간직한 사람은 오직 요르망 자신뿐이었다. 처음과 변치 않는 그 마음이 마스터의 길로 인도해주었지만 그만큼 검만 바라봐야하는 삶은 쓸쓸하기도 했다.

"아무튼 자네 말대로 하지. 당장 그자를 불러오게."

"알겠습니다."

"한데 말이야. 방금 전투에서 혹시 나에게 도끼를 던진 오우거를 보았는가?"

"못봤습니다. 왜 그러십니까?"

"어딘지 석연치 않은 게 있어서 그러네."

"치열한 전투중에 병장기가 날아다니는 건 흔한일이 아닙니까?"

"그렇긴 하지만 누군가 자로 잰 듯 정확히 나에게 날아온 점이 마음에 걸리네."

"기막힌 우연이겠지요. 천하를 호령하던 브레탄이란 자도 전투중에 눈먼 검에 맞아 죽었다고 하지 않습니까."

"하긴…… 그도 그렇군. 내가 너무 과민하게 생각한 모양이야."

❖

여전히 룬이 생각에 잠겨 있는 가운데 제국의 기사 두 명이 룬에게 다가왔다.

"공주님께서보자고 하십니다."

"저를요?"

룬이 두 기사를 올려다보았다. 목을 제외하고는 살이라고는 갑옷이 가려져 있어 꼭 석상같았다.

"알겠습니다."

룬이 기사를 따라 사절단이 있는 쪽으로 발걸음을 옮겼다.

'걸음이 안정적이고, 호흡이 일정하다. 아무리 싸우지 않았다지만 오우거의 무리를 대면한 자들 치고는 지나치게 평온하군. 일반적인 기사들이 아니다.'

룬은 일부러 천천히 걸었다. 그리고 기사에게 말을 걸었다.

"기사의 작위는 언제 하사받으셨습니까?"

기사중 하나가 고개만 살짝 돌려 룬을 보았다. 투구사이로 빛나는 두 눈에는 어떠한 감정도 없는 것 같아 보였다.

"일 년."

기사의 대답은 짧막했다.

"갑자기 용변이 급해서 그런데 잠시 기다려 주시겠습니까?"

"……."

"금방이면 됩니다."

기사 한명이 고개를 끄덕였다.

"아, 그리고…… 조금 무서워서 그런데 한 분만 같이 가 주시면 안되겠습니까?"

두 명의 기사가 서로의 시선을 주고 받더니 그 중 한명이 고개를 끄덕였다.

룬은 당장이라도 용변이 터질 사람처럼 허겁지겁 인적이 없는 곳으로 향해 달려갔다. 그 뒤를 제국의 기사가 바짝 따라붙었다.

"어디까지 가는 겁니까?"

"제가 보기보다 부끄럼이 많아서 그러니 조그만 양해해 주십시오."

일행이 있는것과 제법 멀리 떨어진 곳까지 오자 룬이 주위를 살피더니 곧 바지를 내렸다.

주르륵-

룬의 중심부근에서 물줄기가 쏟아져 내렸다.

"기사단에 들어간 지 십 수 년째면 이제 승진을 하실 때가 되지 않았습니까?"

문득 룬이 물었다.

"제국은 연공서열이 아닙니다."

"아쉽군요. 저희 왕국이었다면 근위대에도 들어갈 법한데 말이죠."

어느새 일을 마친 룬이 끝마무리를 하였다. 그리고 기사에게 가까이 다가와 다시 말했다.

"죄송하지만 단검 좀 빌려주시겠습니까? 보시다시피 팔
에 나뭇가지가 박혀서 말이죠."

룬이 나뭇가지가 박힌 왼팔을 내밀었다. 기사가 그를 보
더니 갑옷 가슴부근에 십자가 모양으로 꽂혀 있는 단검을
꺼내 룬에게 주었다.

"남루한 갑옷과 다르게 단검은 좋군요."

말을 하며 룬이 단검을 3초정도 응시했다. 그리고는 주
저 없이 기사의 목덜미로 단검을 들이밀었다.

〈3권에서 계속〉

4중 연쇄 충돌의 교통사고.
그 때부터 모든 것이 변하기 시작했다.

과거와는 전혀 다른 낯선 기억.

Who Am I?

시작과 끝에 선 심판자
정우

베가 현대 판타지 장편소설

[염왕진천하]의 작가 장산이
새롭게 선보이는 신무협 장편소설

장산 신무협 장편소설

모든 기억을 잃은 채
신강의 어느 동굴에서 깨어난 유성.
기억하는 건 유성이라는 이름과
내면에서 비롯되는 절대의 무공.
그리고 유성을 거두어준 남가장의
가주 남선미.

일말의 희망을 품고 받아들인 유성으로인해
남가장에 새로운 변화가 시작된다!
그리고 그 변화의 바람은 전무림을 향한
거대한 돌풍으로 커져만 가는데!

그가 내면의 껍질을 깨고 각성을 하는 날!
무림은 새로운 절대자를 만나게 될 것이다!

NEO ORIENTAL FANTASY STO